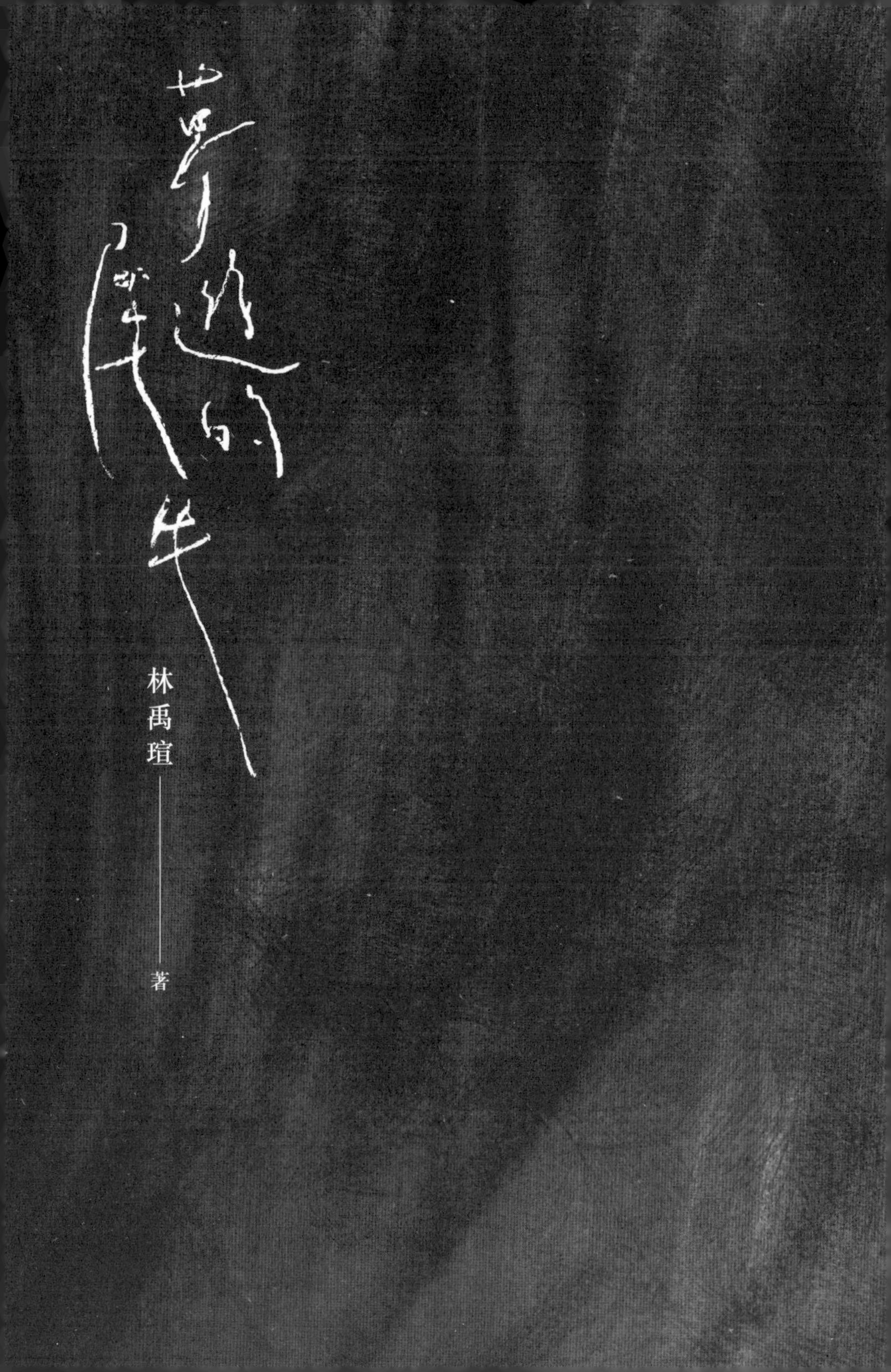

林禹瑄——著

誠摯推薦

這絕對是一本護照。除了過境留下的戳記，還有數不清的票根、地名、異國風味的食物、複雜的路線和荒蕪，當然有相遇與離別。方向在這裡並不重要，而是行走的方式，錯誤則是必然。禹瑄將那些年歲裡走過的情感與路途一口氣鋪展開來，又仔仔細細摺疊成一本小小的護照，遞給了我們。因為真誠，所以不可思議的厚重。

——夏夏（詩人作家）

林禹瑄的文字是有電影感的。她一字字背後的路上風景與心境，我彷彿連當時的氣溫與空氣裡的味道都感受得到；也勾起九〇年代末至千禧年初，那個背包客的我，在旅途上的各種濃郁、淡然、惆悵、喜悅或傷感。夢遊的犀牛，也是一部文藝電影。

——許育華（作家）

與他人的關係斷裂後，自毀般把物質與功績歸零前往下一個遠方，感受遠方除了遠一無所有。在異國異鄉輾轉，詩人更精準地用散文剖白自身的存在與不復存在，讓讀者窺見自己沒選擇過的另一種人生。

——陶曉嫚（作家）

推薦序

懸空，必須劇烈

吳俞萱（詩人）

很快我就發現，不能問她為什麼，而是要問：妳遇到了什麼？磁力無形，她是那樣乖順地依循，不明就裡地獻身。獻身於生命的直覺、神祕、遊蕩的偶然與必然。

十年前，我們從大島去到小島，以駐村詩人的身分住在牛角灣相鄰的石頭屋。後來，禹瑄獨自從小島去到另一座更小的島，寫了一首詩——

在大澳，夏日午夜
整座村莊背對世界
在陰影裡做夢

夢裡所有石階都有柔軟的胛骨
數著日子和浪頭
安靜得像要著火

一座靜謐而孤絕的村莊，背對世界、在陰影裡做夢、安靜得像要著火，這不是在描摹她自己嗎？

而後，她到臺東池上拍攝我的紀錄片。我安靜地走進無人的田埂散步，入夜安靜地煮一碗麵、看一部黑白電影，而她把片名取為「轟鳴」。片尾字幕浮出時，看見我們名字的相同拼音Yu-Hsuan，想起在初識的小島，我們常在當地人的口音裡，被叫成同一個人。

我一點也不像她，安靜得像要著火。她細細傾聽和挖掘空白中的轟鳴，如此虔敬而執著地以字為家。我不曾看過像她那樣貞定、純情的人。

她太獨特了。一如憂鬱貝蒂，這個世界對她來說，太小了。

小到不得不放火，在《夢遊的犀牛》中冷然而尖銳地照亮人世的暗面：「婚姻與永恆沒有關係，金錢與快樂沒有關係，戀愛與消除孤寂沒有關係」；「想搬家的時候看什麼都反感，像關係走到盡頭的時候看情人的臉」；「美好的留不久，醜惡的丟不開，現實不過如此。不願面對的、恥於開口的，垃圾都幫著說了。也難怪我們要丟」；「想像中的世界盡頭，大多都已經布滿資本的足跡，就算走到了，也不過是將自己的腳印疊加進經驗複製的生產線裡。鏡頭拉遠，才悵然發現祕境放逐流浪種種，都不免淪為一場盲目的自我感動」。

禹瑄最野的火，是拿來自焚的。她深知人的一切所見，只是自我意識穿鑿附會的倒影。她苦澀地自嘲，戮力看透生命的本質：「最艱苦的冒險畢竟不在旅途上，而在日復一日的真實生活裡」；「獨自生活多年，我越來越常忘記自己是異鄉人。臺南的孤獨。臺北的孤獨。布魯塞爾的孤獨。一個人深夜被噩夢驚醒無人可說時，其實都是一樣的意思」；「我的那麼多關於意義的問題有多麼無意義，存在主義之於存活多麼無所輕重。於是我繼續等。雖然有時我懷疑我等待的那個時刻是一個更大的果陀」。

細數《夢遊的犀牛》，禹瑄寫了十二次「愧疚」和十二次「本質」，彷彿探究本質在這個世界上無法不是一件愧疚的事，或是，即使懷抱那樣深的歉意，仍要繼續犯錯，追進迷霧的心。難以止息的火，是拖住她的一切和她伸長指尖即將觸及的那些物事的相互摩擦。她太多情，無法捨下任何一邊。

也許，一切都在同一邊，都是向她緊緊靠攏的磁力。她必得要把自己變得透明、一無所有，才能空出足夠大的空間來安放那些經過她的一切以及她經過的一切：廢墟的電話號碼、坐在旅舍外邊的賽門、被邊境困住的土耳其男人、獨自喝啤酒的尼俄伯、貧民窟的弗萊西、等待藥師執照的A、被手榴彈碎片打到的哈姆迪亞、死在鐵軌上的二伯……

禹瑄怎麼會是沒有家的人？她多情且沒有分別心，沿路招魂，光亮的晦暗的甜美的衰敗的完整的殘缺的飽滿的虛無的，她全部揹在身上。

這個世界如此需要她的存在。

她的存在反映了世界含納幸福和苦難的形式。她以為自己在逃，那是因為牽引她前進的磁力過強。必然要離島，必然漂流，她毫無保留的信任讓她接上一條透明的臍帶，連結四散而親密的家族。

必然要如此純真無覺，必然要不問意義不問來日的赤子，才能走了很久而無畏哪裡也抵達不了。世界沒有凝固的本質，她要一直在路上，一直在過渡，令自己處於任何可以持續的流動狀態，才能透過無意圖的在場去撫摸那些無人聞問、無人承受的碎屑和塵埃。

碎屑和塵埃，幾乎是歷史和屠殺那樣大的物事。她將視野所能遭逢的龐然景象放進掌心，仔細來回掂量，然後，把自己的心，安放在它們身上。弔詭的是，必須透過她的永不抵達，才能用她的溫柔存在來丈量世界的廣有多廣而黑有多黑，邊上還有多少人在墜落。

她不是傾出情感，她本身就是情感。

情感的空間還在擴張。像她長年帶在身邊的那張心愛海報：兩個小孩縱身跳躍的瞬間，沒有過去沒有未來，一整片虛無就是他們當下的家。我問禹瑄，為什麼愛這一張攝影？她說：「半空中有一種不確定性，他們之間又有一種確定性在連接。」

忘了哪一年開始，最慘的時刻我會點開她的部落格，重讀一遍〈最好的時光〉：「這是我最快樂的時候。有所愛有所被愛、有所夢想、有所質疑、對自己有所承諾、所有焦慮悲傷都是我想要最激烈最剛剛好的那種。」

最好的時光，飛向未知的那兩個小孩，就是她和她的現在。最激烈最剛剛好的那種。

推薦序

穿透的夜

李時雍（東海大學中國文學系助理教授）

二〇一五年入秋，遠自地中海一則海難新聞，在社群媒體上迅速轉發，似無距離穿透而來。相片中擱淺潮汐的物事，浸濕的紅衫，麥穗般顱後的新色。那滿布眼前資訊流湧的，是半個地球外土耳其博德魯姆沙灘上的男孩；男孩三歲，在他未明白或知曉何為敘利亞內戰爆發，已與家人們淪為難民，最終罹難於偷渡出逃而覆滅的船途。

那幀趴伏潮間的攝像，在記者鏡頭捕捉下，呈現難以名狀的孤零，又靜謐彷彿僅只是片刻眠夢。事件後，偌多網友援引、重製影像，以作為哀悼或抗議戰亂的殘酷。我印象很深，其中有一幅藝術家繪畫，讓男孩趴伏的身姿，回返到臥房懸掛有月弦與星星的床上，如此恬靜溫柔。

也許我正是在那海岸的圖像裡，具體感受過去曾在文學、劇場、電影，如安哲羅普洛斯導演作品中反覆描述的「邊境」母題，離散的主角問道：「現在我們越過邊界了——但是要越過多少道邊界，才能回到家……」然而，更具體切近的感同身受真有可能？遑論相對於島嶼上的我，串流的消息間，各種邊遠的地名和詞語，內戰、無國籍者、邊境線、難民潮，顯得如此陌生？其中多少屬苦難之旁觀，多少又是我自顧自地感傷投射？

回想起來，那年秋天，約莫也是林禹瑄頻繁走入布魯塞爾北火車站鄰近公園的臨時難民營之際。為撰寫歐洲因多國戰亂所致情勢日益嚴峻的難民報導，初初將自己置身在一個個哀傷的帳篷與他者間，觀視、交談。更多的，或許是彷徨，彷徨於迎面襲來如浪湧的，人類累疊、似無止境的地緣政治衝突，以種族的名義，以宗教以國家之名。

後來我在網上陸續讀到這一系列禹瑄著力描述的人和現場報導，才想起好久好久未見她的名字。曾經背負著年輕早慧詩人的形容，出版過兩本詩集，依稀只知道她牙醫系畢了業，然後呢？沒想再遇到其文字，詩人已生活在遠方的比利時布魯塞爾，描摹著張弛的邊界。

隔年秋天，我因承接下文學雜誌編事，續讀到她書寫的專欄、後亦收於眼前的書中，寫生活北緯五十度第二年夏天、日照猶綿長的〈長日〉，寫日落後孤獨穿行大路長夜的〈夜巴〉、又或耽愛著落葉鑲金的異鄉人的〈秋天〉。前後將近一年，也因為編務，我們維持著間隔的通信；雖多是訊息與事務的聯繫，卻仍讓我不時自信中問候的片語，想像勾勒著路途風景。春天時，收到禹瑄回信，說即將出發去肯亞，下封或會延遲回覆，夏天前最末的通信，她說她將從布魯塞爾短暫返回臺灣……

《夢遊的犀牛》是禹瑄第一部散文集，寄存著過去，如此彷若隱沒在他方的十年。她娓娓交代傾吐，由新營、臺北後遠赴布魯塞爾間所空缺的故事，追溯牙醫學習年歲，如漂浮於太空艙無聲無塵的日常（〈頂樓〉）；困惑的身心，終究自旁人慣常設想的人生常軌逸出，辭去所有，結清銀行帳戶、換上一張單程票（〈長腳的日子〉）。帶上微少行李、又遺失僅有的行李。原想往巴黎，卻在遷移者種種現實的條件與機遇偶然下，簽證、居留、房租、語言、愛情，而落腳於同屬法語圈的比利時布魯塞爾（〈他城〉）。

曾經為追求所謂「自由」，為了如詩涉險於荒境的旅途，卻猶未離走或逃得夠遠。當我讀到她對探訪〈廢墟〉迷戀，竟恍如窺見其內裡曲折的心態私史，持存著一直以來掙扎於表象與殘破的踟躕：「我其實只想要那些刮痕和糙面都留在那裡。」「完美讓我疲憊，圓滿使我不安，我只要所有的疤痕、斷片、傾頹、衰敗、殘缺，都保有原本的形狀放心地哀傷。」

自由，會不會其實即意指能保有「原本的形狀」？她一路追跡，我們之所來處、我們之所是，與我們所去處，遂在路上，遭遇了不同民族，不同城市，不同戀人，不同的我，並尊重任由時間蝕刻傾頹的樣貌。如同藝術家保羅・高更在大溪地島最終畫作的命題、簡單又艱難一句：D'où venons-nous? Que sommes-nous? Où allons-nous?

作為序幕輯一的〈半途〉，是寫作者自覺年過三十後的此刻往回望，揭開了初始純然個人困境的離走，卻有意無意，以自身如畫布塗繪鑲嵌，屬時代歷史迫使而遷移的他人痕跡。二〇一〇年代作為「遠方」的布魯塞爾，早歲山城的「夢遊」，終將牽引著輯四〈旁觀〉中，更廣袤繁複的歐陸歷史、非洲足跡、島嶼鄉愁記憶。

我喜歡同名篇章的〈夢遊的犀牛〉，像禹瑄旅行路途的整個隱喻。在旁觀見證過偌多人類建立後毀棄的環墟後，殘留成為她似夢中犀牛，彷如變貌為荒謬劇般的非人，步履沉重、體型龐大，掩蔽以至遺忘自身的影子，「忘記遷徙真正的意思是：沒有任何空間屬於自己。」即使經歷孤獨悲傷如此，現實反倒愈長出堅硬的皮層如盔甲，與穿過幽暗的犄角。

禹瑄曾自比無止境的旅程如「奧德賽式漫遊」。我卻想起神話中詩人奧菲的夜途，他為挽回消逝摯愛，潛入漫漫幽冥，卻在回返日晝的邊界，忍不住違反與冥王約定而回望妻子，最終令所愛永恆地留於陰翳。

傅柯卻說，唯奧菲的凝視即如詩，詩是一種外邊經驗，那回望終將幽暗以其幽暗的面容穿透長夜帶回，即使是僅僅一瞬夜光的消隱。

寫作《夢遊的犀牛》的詩人也像退隱，退離至他方比遠方更遠，反身為我們透視眼前一整片發光的夜。寫下的文字是穿越。

與禹瑄通信，暫停於一七年夏末。秋日前，我辭去所有工作，買了一張單程機票，收拾幾箱行李，遷移至美國東岸的查爾斯河岸。許多關係、人事，在時間中消隱、安靜，偶爾想起，學習她生活成一個消失的人。

在再過去多年的早晨，收到一本詩集《春天不在春天街》。而後不久，讀到手邊《夢遊的犀牛》，而重回與之交疊的中途。也許延長、沉緩，時有感傷，在此刻卻穿透帶回了夜的另一側消息。

CONTENTS

輯一 半途

輯二 遠方

輯三
夢遊

輯四
旁觀

人大抵分作兩種——

有人日裡行路，夜裡做夢；

有人日裡做夢，夜裡行路。

輯一

半途

我一直走，一直走，彷彿身後有命運的千萬追兵。

　　沿途光影閃逝，風景極美，都寫著同一句讖語：

「走吧，走吧，你不能停。」

機場

不知道什麼時候開始厭惡起機場。

對機場最早的記憶倒還像深海裡一塊金子一樣安靜地發光。高中畢業那年暑假母親剛剛被騙走了幾乎所有積蓄，眼淚擦乾後堅持節衣縮食了好幾個月，買下一張薄薄機票送我到太平洋另一端的三舅家小住。在家裡極少說客家話的母親，遇到大事格外硬頸，幾個星期裡一邊聯繫著詐欺官司，一邊明快地安排好了所有旅行瑣細——行李箱、護照、簽證、靠走道座位、吉隆坡原位轉機、語言學校、剛好接上開學的返程航班——我在汽車後座半夢半醒睡了一路，看到燈光大亮的航廈浮現在深夜車窗上，恍如一艘漁船在闃黑大海上搖搖晃晃的時候才意識過來，自己是真的要一個人搭飛機出國遠行了。

搭飛機。出國。遠行。三個原本不完全相干的詞語，在島嶼南方小鎮都成了世界邊陲的同義詞，能輕易將十八歲的我對未來的想像充填得樂觀鼓脹。多年之後我從遠方返回山間老家，第一次見到堂哥的小孩，和我離開山裡時一樣歲數，睜著明亮的眼睛門裡門外來回亂跑。已經老去的伯母問完我的去向，轉頭對小姪女說：「姑姑明天要搭飛機哦，去歐洲，很遠很遠的地方。」語氣像是我要去做什麼了不起的事情。我偷眼瞥見一旁的母親面色一沉，看起來想反駁什麼，卻終究沒有開口。

我於是沒敢問過母親是否曾經後悔為我安排了那趟遠行，又或者她在往後我離家百里而後萬里的十多年裡如何回憶那晚的機場。在我的記憶裡，整修前的桃園機場送機大廳天花板極低，慘白燈光不帶一點感情，母親把我的機票護照行李又檢查一輪，說了一句「學好英文」便要我趕緊出關。海關的入口窄仄，穿過門後便是一整片落地窗。一架飛機正好起飛，一閃一閃的機燈很快沒入漫無邊際的夜色裡。我第一次真正看見遠方的位置，忽然感覺腳底有些空，回頭望向門的另一端，父親和母親已經不在原地。我也許花了幾秒鐘揣想他們將如何開一夜後座空空蕩蕩的車，迢迢返回我再也沒真正回去住過的家，又也許沒有。一些人匆匆經過我身邊，各自有要去的方向，我便慌忙地跟上。那時還沒意識到自己已經永遠地離開了某個地方。

後來讀到齊克果說自由像一個深淵，才懂了為什麼那晚機場落地窗裡的夜色那樣黑得令人心動。凝視深淵使人暈眩，而暈眩是一場藥癮，拽著我在接下來幾年遊蕩過一個又一個機場。奈洛比。史高比耶。明尼阿波里斯聖保羅。德勒斯登。卡薩布蘭加。史普利特。葉里溫。馬斯開特。孟買。安塔利亞。盧布爾雅那。那些名字讀起來像一串咒語，在我身上偶爾留下痕跡。有些地方我還能記得幾張見過的臉，排過的幾個長隊，或者睡過的幾張椅子；有些地方經過一段時間以後，就又回到機場的航班告示板上，成為其中一個陌生而遙遠的地名。前中年最令人猝不及防的悵惘，莫過於某天不意翻開許久未讀的書，發現書頁裡夾著當作書籤的一張舊機票，才艱難地想起曾有那樣一趟旅行，然後更艱難地想起無論是一起踏上旅程的人，還是抵達過的城市，都已經不是當時的模樣了。

且當時我還是個會將每張機票珍惜地留下，看到相隔數千公里的地名並排出現在航班告示板上，便興奮得莫名所以的稚嫩旅人。我以為機場之自由不在於飛翔，而在於看似無盡的可能性。第二次出國在香港赤鱲角機場轉機，近百個登機口不間斷地吞吐離開與抵達，遠行的人們揣著各自的故事聚了又散，許多我不認識的語言在深不見底的巨大航廈間來回漂浮，直到失去形狀。機場的玻璃窗總是很厚，陽光透進來照亮了所有細塵，卻缺乏溫度。在那個世界那麼遠又那麼近的魔幻時刻，我站在窗前看大大小小的行李被擠壓、堆疊，再一個個拋擲進機艙深處，感覺自己也正在一條長長的輸送帶上，越走越顯得渺小，小得命運隨便推我一把，就能把我送往另一個方向。我只需負責奔赴，快樂而不知返，像一顆無法停止滾動的石頭。

但無法停止滾動不等同於前進，這也是機場告訴我的。年少時的遠行像漲潮，所有行動只為了填滿，而不為意義。潮水退了之後，存在主義的嶙峋礁石緩緩現形，一張張猙獰的臉時不時拋出凌厲的問題，逼我閃躲或者沉默。不知道是因為人在路上久了，還是全球化資本主義作祟，全世界的大型機場在我眼裡越來越相像——寬敞挑高的出境大廳、昂貴而菜色平淡的連鎖咖啡館和餐廳、四季不歇的空調系統、繁瑣磨人的一道又一道閘口、綿延不斷的平面手扶梯、菸酒香水巧克力品牌千篇一律的免稅店——某次搭了一趟十多小時的飛機，踏出空橋的時候感覺像回到原地，恍然彷彿自己三十幾年的人生。

或許我是因此才開始厭惡機場的。儘管這麼說也不盡公平，每個機場進了入境大廳之後仍是各自的國度。一個人旅行路上，最孤獨的時刻往往就在出機場的瞬間。幾十分鐘前還肩並肩在高空遠行的同機乘客，領了行李便四散無蹤，此生緣分耗盡得十分乾脆，留我一人帶著長途飛行的疲憊，一邊在陌生面孔和語言間搜尋網路和進市區的交通方式，重新校準自己的方位，一邊暗暗羨慕那些有人舉牌來接的人。在一座陌生城市裡有一張熟悉的臉等著，這情意夠虛有其表，也夠深刻。我也曾在幾個機場終於見到想念許久的人，有時從遠方來的是對方，大多時候是我，關係終結幾年之後許多對話甚至對方的長相都忘了，唯有機場茫茫人海裡相見那一幕，每次出關看到不屬於我的花束紙板擁抱笑容時都能清晰地想起來，自己畢竟曾經遇過一剎那的真心。

又或許我開始迴避的是情緒。機場裡的感情總是飽滿。送人，等人，接人，追人。終於下定決心的告別。心裡直覺的最後一面。藏了許久總算說出口的話。期待多年的相遇。跑到一身狼狽也要挽回的戀人。各式跌宕情節在海關薄薄的門前摔成一堆，難怪機場安檢人員的表情總是不分國籍地麻木。年輕時毫無顧忌掉的眼淚，過了三十歲後都成了包袱，在人到機場的時候顯得特別沉重，於是也分不清楚情緒過載的是自己，還是機場。土耳其電影《遠方》裡男人的前妻要和新丈夫移民加拿大，他在最後一刻趕到機場，卻躲在角落不願露面。整場戲沒有一句對白，只有幾個沒對上的眼神來回，以及機場裡一貫的行色匆匆。我在電影院裡屏住了呼吸，不時閉上眼睛才勉強看完，像看一部恐怖片。

總之我開始盡可能地拖延到機場的時間。有時在往機場公車站牌旁的咖啡館閒坐看書，有時在酒吧和陌生人有一搭沒一搭地聊到午夜，也有一些時候乾脆徹夜未眠精神亢奮地隨著派對結束跳上計程車。行李能減則減避免託運，機票預先用航空公司的應用程式下載，液態物品和筆電則放在背包最容易取出的位置，一到機場便徑直機械化地通過所有關口，最好在開放登機十分鐘後抵達登機門，一點停留思考的餘裕都不需要有，幾乎像極了剛上路旅行時最嚮往的那種長年奔波各國的商務人士。

當時我沒想到的是，要成為經常穿梭各地機場的人，必得養成和機場一樣的疏離。乾淨，齊整，而不帶感情。在島嶼和他方之間飛了許多年之後，我終於承認機場到底不適合自己。

唯一會在機場逗留的時候是轉機。機票越便宜，轉機的時間越長，兩相權衡往往還是咬牙選擇直面自己的軟肋。一個深夜停在此前從沒想過要去的阿曼，坐在一片死寂的候機室裡考慮該不該潛入祈禱室在地毯上睡一夜。我的臉一定看起來很迷茫，因為對面原本專注在筆電螢幕上的男人忽然問妳還好嗎。我們講了英語，又講了法語，他說妳的外語真好，我說謝謝我在國外好幾年了應該的。這句回應我已經說過許多次，每次都十分心虛，不知道要怎麼讓「應該的」三個字聽起來盡量值得。男人說自己在阿曼工作了兩年終於要回在加彭的家，又問我這趟旅行的去處。我說了幾個地名，他的表情困惑起來：「妳剛剛離開了家？還是要回家？」

我想起這十多年來如何在不同機場的輸送帶間流轉，感覺自己是一顆滾動的石頭，以為最終會滾向某個確定的地方。第一次聽到巴布．狄倫的那首歌正是十八歲在加州的那年暑假，我英文不好，整首歌只聽懂了「像一顆滾動的石頭」。一直到幾年之後才明白過來，在那句之前他唱的是「獨自一人／沒有回家的方向／無人知曉」。

那時我可能以為滾動指的是自由。

廢墟

年歲漸長，一些簡單的問題反而越來越難回答，像是「最近壓力大嗎」，或者「這星期過得好嗎」。問話的人只期待是或否的簡潔回覆，我卻在是與否之間偌大一片曠野裡來回躑躅拿不定主意，內心情緒進退失據，臉上客氣淡定的表情幾乎要跟著一併潰散，連帶前不久勉力堆砌好的自我存在價值搖搖欲墜起來。幾次想引用卡夫卡信裡厭世感十足的句子：「我過得很糟，我過得很好，你喜歡哪個回答就是哪個。」想想對方大概不能體會其中的黑色幽默，最後還是算了。

又比如「旅行好玩嗎」。如此安全無害的客套話題，丟到我身上莫名就成了對話延續的障礙。我不知道我的遲疑是來自對精確回覆的過度執著，還是「好玩」這個詞帶來的疏離。每次上路，最嚮往的地方似乎都很難以「好玩」來形容。剛剛抵達波士尼亞塞拉耶佛的時候，路上遇到的旅人問計畫去哪些地方，我說城市南邊山裡一九八四年冬季奧運的廢棄賽場。對方眼裡閃過一絲困惑：「那裡好玩嗎？」我為難地說好玩可能不是一個恰當的形容詞。他看起來更困惑了：「妳為什麼要去那樣的地方？」

大概因為我屬於那裡。幾天後我坐在一棟二十多年前戰爭裡被炸得只剩骨架的商業大樓台階上，身邊瓦礫碎片層層疊疊，感覺每踩一步就有什麼要轟然崩塌，忽然想起當時應該這樣回答。不遠處是小鎮上最有名的古老拱橋，許多人在那裡跳水，水聲和笑聲傳到大樓坑坑疤疤的梁柱就不知道為什麼消失了，彷彿戰爭前的大面落地玻璃還在原地，又或者整棟廢棄的大樓其實是一個深不見底的洞。巴爾幹半島盛夏的陽光熾烈，所有顏色都過曝得令人恍惚，我坐在赤裸水泥階梯陰涼的影子裡，竟感到十分安全，一瞬間想放棄前方所有行程，每天帶一本書待在這裡。

認真想起來，我對廢墟的迷戀也許正是那樣開始的。二十一歲那年暑假終於能暫時離開學業的地洞，探出頭的時候戀人已經不在，生活也離得很遠，聽說有一個月的免費食宿，什麼也沒想就一個人轉了四趟飛機，到德勒斯登加入一個當代藝術節的志工團隊。抵達的時候才知道德勒斯登在德國東部，二戰過後整座老城幾乎全毀，藝術節所在的廢棄屠宰場，據說正是馮內果當年躲過地毯式轟炸的戰俘營。每天我從市中心搭三十分鐘的電車抵達末站，唯一聽懂的德語句子是「請下車」，理直氣壯地在空曠蕭索的展場裡回答不出任何一個參觀者的問題。無所事事幾個小時後回到市區，在整修瘢痕遍布的巴洛克建築間漫無目的地亂走，看年輕情侶在被砲火熏黑的橋下接吻，有時候錯覺自己也經歷了戰爭。

奇怪的是從來沒有人質問過我出現在那裡的意義，包括我自己。年輕時旅行的目的似乎只在於移動本身，畢竟有大把的時間可以浪費，做什麼都顯得合理。藝術節大多時候少有人造訪，我開始靠著屠宰場冰冷斑駁的磚牆看書，很慢地看完了從臺灣帶去的唯一一本《在路上》，又從二手市集買來一本薄薄的短篇小說。小說裡的主角死了妻子，帶著她所有遺物搬到一個陰鬱的城市，親手建了一個溫暖哀傷的廢墟，很甘心地困在那裡。

那一整個月我過著極為孤獨的生活，沒有智慧型手機，住宿的地方網路經常斷線，想傳的訊息往往到後來便忘了內容，只能一遍一遍地讀過往收到的簡訊，反覆回溯感情終結的線索，直到回憶變得可疑。一個月後我回到臺灣，在乾淨齊整的實驗室裡又成了一個前途光明的人，每天努力打亮一副又一副假牙，經常感覺被柔軟刷毛來回碾壓的是自己。機械不帶感情地高速旋轉，假牙的樹脂表面越明亮光滑，我的心裡越黑暗空蕩，又想起遠方的廢墟。

我其實只想要那些刮痕和糙面都留在那裡。好幾次想這樣向檢查進度的助教說。完美讓我疲憊，圓滿使我不安，我只要所有的疤痕、斷片、傾頹、衰敗、殘缺，都保有原本的形狀放心地哀傷。像深海的鐵達尼。像不知去向的亞特蘭提斯。像我大多數的記憶。

後來每到一個新的地方便一定要找廢墟去。有時我懷疑自己只是想從一個廢墟前往下一個廢墟。那些廢墟乍看都十分相似：碎裂的玻璃、生鏽的金屬、破洞的天花板、腐朽的木頭、褪色的壁紙、散落一地的雜物、靜靜在夾縫裡生長的不知名植物。抵達廢墟的路往往很長，而且周圍什麼也沒有。幾次異國小鎮上一手夾菸一手開車的公車司機到了末站用狐疑的眼神看我：

「妳確定妳沒有迷路？」

「沒有。」我拿著手機面向一片荒野定位，說了謝謝堅定地下車，人生裡難得有如此篤定的時刻。

之所以要不計代價地造訪一座廢墟，是為了彌補自己表面上的完好無瑕，還是映照內心的破敗？看到鐵達尼號觀光潛艇在深海爆炸的新聞，忍不住想問上面花了一般人畢生積蓄搭上潛艇的乘客。為廢墟著迷的到底不只我一人，網路上滿是urbex的小眾社群，分享各地廢墟的潛入方式和照片。urbex如何定義眾說紛紜，但目的地必得是被遺忘的人造建物。高樓樓頂。舊時下水道。地下墓穴。離軌的火車車廂。停止運轉的工廠。人去樓空的豪宅。眼前的景象越頹唐，過去就越燦燦發光，吸引人鑿洞、破鎖、翻牆，曠日費時地追索廢棄的時光。一支影片裡幾個urbex愛好者花了幾天終於潛入叢林裡的一座荒廢老宅，面對凋敝空蕩的房間興奮不已：「這不美嗎？」

又或許我們所執著的，是那份對荒涼的珍惜。人生活到底的時候，多想也有人這樣慷慨地對鏡子裡殘破的自己說。網路時代大多熱情和共感都彷彿一場幻覺，眾人在線上一起做了夢，醒來便忘了夢裡的自己。真實生活裡我極少遇見熱衷於探訪廢墟的人，J是其中一個。一個秋天兩個人在亞美尼亞山裡開了半天車，逛了幾座旅行指南上的千年修道院便厭倦起來，很有默契地轉頭開回沿途經過的一個陰沉小鎮。小鎮被一道山脊隔成兩半，一半是住宅，另一半是一片死寂的老舊工廠，其中一座銅礦加工廠高聳的煙囪鏽跡斑斑，巨大的陰影落在裸露的礦脈上，融成極為絕望的顏色，一旁原先搭載工人往返上下班的纜車頑固地吊在半空，車上的人大概都去了末日之後。維基百科說工廠自蘇聯解體後便因為污染開開停停，已經十多年沒有下文，鎮上失業率高達百分之八十。J一邊讀一邊踏過一片傾倒的磚牆，弄出一串空洞的聲響，臉上是我看過他最快樂的表情：「我就知道妳也會想來。」

那一瞬間陽光忽然大好，照得我一陣溫暖，想起他最喜歡那首詩的開頭：「愛人，你是否記得那個美好的夏日早晨／我們看到的東西：／小徑拐彎處，一具潰爛的屍體／橫臥在碎石滿布的路上」。遇見他的時候兩個人都剛爬出一個黑洞，很自然地互相傾倒各種陰鬱的話題，把自己像一堆散掉的樂高積木一樣嘩啦啦地掏出來，也不覺得羞愧。找到然後走進一座廢墟，在最衰敗的角落快樂地住下來，我曾以為那就是相愛的全部。

直到某一天早晨醒來，他走得一點碎片也不留，又剩下我一個人的斷瓦殘垣。

「重點是進去，不是進去後看到的東西。」某個urbex愛好者曾這樣回答關於為何對廢墟著迷的問題。但到頭來我還是個庸俗的人，像塔可夫斯基《潛行者》裡的作家角色，外表看似勇敢地在禁區廢墟裡闖蕩，實際上只是害怕失去寫作的靈感，不顧一切地要在一片荒蕪裡找到那個任何願望都可以實現的房間。

庸俗，並且一再忘記遺忘的本質，儘管我經過的地方都善於被遺忘。

一次意外翻進剛果前獨裁者在歐洲的荒廢宅邸，殖民風格的建築被埋沒在溫帶樹林裡，看起來格外唐突，像一個錯置的夢境。宅子內部倒也沒什麼特別，一切風華過盡之後，只剩下分辨不出原貌的牆和空間，自我複製似地生出更多破敗的牆和空間。屋子最底端的一個房間裡油漆尚未斑駁，有人在上面用十分急切的字體寫著：打給我。我那時手機不在身上，周圍也找不到可以寫字的工具，只能反覆把號碼唸了幾次，在心裡回覆好的好的我等一下就打給你。

後來出了廢墟就再也記不起那串號碼。幾個月後想再回去，原先通往房子的路，不知道為什麼成了一塊花園。我一個人看著那些繽紛而不知世故的花，想起那行字瀕臨溺水的語氣，感覺什麼已經被徹底地淹沒並且丟棄。完全沒有哀傷的理由，卻忽然非常想哭。

青年旅舍沒有青年

曾經以為過了三十歲就不會再踏進青年旅舍的。搖晃窄仄的上下鋪單人床位、床蝨魅影重重的被單枕套、因為人來人往而總顯得不夠乾淨的公用衛浴、窸窣說話聲鼾聲腳步聲磨牙聲層層疊疊的漫漫長夜、對陌生國度和未來人生抱持同等樂觀好奇的天真對話，住在青年旅舍的時候以為都只是一個年紀的坎，某天時光列車終要一個轉彎駛上另一條軌道，車上的一輩人看著窗外風景流逝，一陣子之後才發覺自己已經走在不同的路向上，毫不費力地就和惶惑拮据無所事事好高騖遠等青年窘態一別兩頭了。

最終這也成了我青年時期對年歲不切實際的期待一種。以為生活在隨著時間前進，有時卻只是指針繞了一圈回到原地。但人生裡峰迴路轉的事畢竟也不只這一節，更年少的時候甚至還曾十分規矩地計畫二十五歲結婚，三十歲前生完兩個小孩，於是當三十多歲孑然一身帶著沉重後背包在青年旅舍熟悉的簡樸櫃檯等候總是不見蹤影的員工時，恍然還以為正身在一個時光倒流的夢裡，再下一秒就要跳接到二十歲那年芝加哥青年旅舍緊靠地鐵高架橋的廚房窗戶邊，我與旅伴仔細地為旅舍早餐免費提供的貝果塗上奶油乳酪，偷偷包進餐巾紙要塞到背包裡當午餐。餐巾紙太小，年輕貪小便宜的心太寬，一個手滑貝果翻落出窗戶，奶油乳酪在灰暗的人行道上開出慘白的花，很快有人匆匆踩過，連頭也沒回，那一瞬間明白自己就和口袋裡被我反覆揉捏的一美元鈔票一樣卑微。

卑微，但也不因此感到羞愧。畢竟是學生時期的旅行，如何搶便宜機票搭便車睡沙發，用最少的錢走最長的路才是正經事。那幾年在青年旅舍裡聽到的故事，盡是誰在公車站裡席地而睡被人拿刀要搶但身上最值錢的物品只有護照最後搶匪還幫忙付了車票錢，誰搭上陌生人的後車廂在百里荒野間忽然發起高燒被送到村落巫醫處灌下不知名草藥，誰帶著帳篷獨自在深山裡走了七天七夜差點被當成獵物射殺，誰在免費留宿的沙發上睡到半夜警察破門而入才發現慷慨和善的沙發主從事販毒差點一起進了監獄等等各式離奇情節。說故事的人驚魂未定裡隱隱帶著驕傲，聽故事的人一邊咋舌一邊暗恨自己的旅程相比之下蒼白無奇。一夜故事說完，所有人揹起各自的行李上各自的路，很快就忘了彼此的臉，只剩下真假難辨的口述跌宕情節留在記憶裡，切切實實像一起做了一場夢。

三十多歲回到青年旅舍，躺在牆壁極薄天花板極低的房間裡，忍不住揣想當年在各地旅舍遇見的窮遊青年如今都去了哪裡，是否也和多數人一樣，隨著人生攤展開來，逐漸領悟到最艱苦的冒險畢竟不在旅途上，而在日復一日的生活裡。出社會之後旅行的目的多半逃避大於探索，意義減大於加，要處理的事遇見的人越少越好，最最理想是待在一個離家夠遠的地方什麼都不做，總是過於擁擠的青年旅舍被排除在行程之外於是也情有可原。我想起一起到芝加哥的旅伴，打開社群網站，才發現旅行結束後幾年便漸漸失去了聯繫的她研究所畢業不久後就結了婚，生了兩個小孩，最近的照片是一家四口在巴黎迪士尼樂園。照片裡的她一手牽著孩子，一手提著精品包，下面留言寫著包包是丈夫終於兌現的禮物，附上一個臉紅微笑的表情符號。我一時想不起來二十歲的她長什麼樣子，只記得她遠遠看著人行道上扁塌貝果的表情非常沮喪，然後意識到那已經是十多年前的事。

我對時間流逝的感知似乎總是來得太遲。再上一次恰巧也是在青年旅舍。越南胡志明市。朋友提前一天離開，我一個人從渡假小島的獨棟木屋住回八人房的下鋪，打開房門那一剎那像畢業後第一次回到大學校園，理智上知道有什麼變了，但身上的T恤牛仔褲球鞋後背包十年如一日，很快就相信了自己依然青年。後來幾個二十出頭歲的女生進來，兩個架起手機拍抖音影片，一個打了一通又一通電話重複述說一整天的行程，每一次都和上一次的情緒一樣飽滿，另一個則在床上安靜地花了三十分鐘化好精緻的妝，再晃著大耳環出門，凌晨四點踏著清脆的高跟鞋聲回來時身邊多了一個男子，壓低聲音咯咯地笑，然後男人脫下鞋子，腳臭味迅速擴散開來將空間擠得更小，小到像整個房間馬上就要潰爛腐敗。我吞了兩顆安眠藥還是清醒了整個晚上，天一亮逃難般地收拾行李去機場，走進陽光裡的時候腳步視線腦袋都非常恍惚，瞬間感覺自己老了。

青年旅舍的房間。蒲島太郎的寶盒。踏出一扇門之後再也不是青年。倒也不特別感傷，只在心裡恨恨發誓再也不住青年旅舍。道別如此乾脆決絕，大概也是青年之後才有辦法做到的事。說了幾百幾千次再見，終於懂得大多時候再見的意思是再也不見，於是很坦然地頭也不回。那次從越南回家之後不久結束了五年的感情，幾天內便把租約家具銀行帳戶拆分得乾乾淨淨，一滴眼淚也沒流。直到疫情過去之後想去旅行，才發現周圍朋友有伴的有伴，成家的成家，只好又一個人上路。清晨出發走在空蕩蕩的街道上，想起達蓋爾剛發明銀版攝影法時拍下的照片。一八三八年的巴黎。早上八點。寬敞的聖殿大道上只有一個極小的單薄人影，不細看還以為只是行道樹被鋸下後的樹幹。

那樣寧靜的孤寂感我畢竟非常熟悉。有記憶以來我幾乎在任何方面都無法避免地落在人後——總是長不高的身體、喝遍各式藥膳補品依然平坦的胸部、沒有手機而跟不上大多數話題的中學時光、最大叛逆不過翹課二十分鐘的青春期、二十多歲才開始交男友的空乏感情經歷。不知道為什麼永遠在苦苦地追。第一次看到達蓋爾那張照片還是在盼了十多年終於開始的電影課堂上，老師故弄玄虛地問，你們知道為什麼照片裡只有一個人嗎？

沒有人出聲，他繼續自問自答：「因為那是個擦鞋匠，只有他用同一個姿勢停得夠久。攝影曝光時間太長，其他不斷移動的人都消失在照片裡了。」

那孤獨質樸而魔幻，理性而詩意，我於是有些釋懷，儘管都已經追了一輩子追成了無房無車不婚不生的後青年，也沒什麼好不能釋懷。倒是一個人長時間遠行的住宿是個難題。旅館民宿住上十多天實在太貴，像個窮學生寫訊息徵詢免費住宿又太厚顏無恥，正在訂房網站上來回掙扎，忽然看到幾個較低的價格，資訊欄上寫單人房，衛浴共用，再仔細看旅館名字，竟無一例外全都是青年旅舍。

於是又回到了青年旅舍。然後發現青年旅舍早就不叫青年旅舍了。二〇〇六年，興許是為了擴大市場，又或許預知到千禧一代成家立業遙遙無期的彼得潘困局，全世界最大的青年旅舍聯盟組織「國際青年旅舍聯盟」拿掉了英文名字裡的青年，改稱「旅舍國際」，強調對所有年齡層開放。恰好寬容我這樣有餘裕旅行又無能揮霍、願意交際又神經敏感容易失眠、在社會各個量尺上都不上不下十分尷尬的後青年旅人的單人雅房，大概也是順著這個脈絡出現在青年旅舍的吧。如此一想，旅舍帶著商業目的的考量也顯得溫柔起來。

在沒有了青年的青年旅舍裡，我第一次成為整個旅舍裡唯一真正在旅遊的人。二〇二二年末到亞美尼亞葉里溫的時候正好俄國政府收緊強制徵兵令，伊朗反政府抗爭沸沸揚揚，小小的青年旅舍裡滿是拒絕上戰場的俄羅斯男子，以及對國家失去希望的伊朗人，每天在交誼廳盯著手機或電腦螢幕尋找下一步出路。我早上出門的時候他們似乎已經在那裡坐了很久，晚上回來時所有人仍在原地，帶著一樣受困的表情。一開始我嘗試問幾個問題，得到的答案往往是「我不知道」，後來也就不敢再問。進旅舍之前還在質問自己到底什麼時候旅行才會不住青年旅舍，當下又一次領悟過來我的那麼多關於意義的問題有多麼無意義，存在主義之於存活多麼無所輕重。

於是我繼續等。雖然有時我懷疑我等待的那個時刻是一個更大的果陀。腳步停滯在青年旅舍裡的還有賽門。前澳洲軍人，因傷提前退休，每個月領退休俸度日百無聊賴，和前女友分手後索性飛到地球另一端的歐洲。我在塞爾維亞貝爾格勒遇到他的時候，他已經在旅舍住了三個月。「為什麼那麼久？」「因為我愛上一個在旅舍工作的女人。」「你們在一起？」「沒有，她有男朋友。」看見我狐疑的表情，他又補了一句：「我從來沒對人有這麼強烈的感覺。」

我離開青年旅舍的那天，賽門聽說那個女人會來上班，決定等她一來就好好表白。整個上午他坐在旅舍門口空無一人的街道上，除了抽菸幾乎沒有移動。我要走時問他你還等嗎，他說他不是在等只是沒有其他地方要去。我一個衝動跟他描述了達蓋爾照片裡擦鞋匠的畫面，他笑笑說是嗎那很美，眼神暗了一下。

我走得太急，到了機場才想起來忘了跟他說，照片裡擦鞋匠其實不是唯一留下來的人。再看得仔細一些，就會發現他對面模模糊糊還有一個顧客。

這和他的故事完全沒有關係。我猜我只是想跟他說，我們也許都沒有看起來的那麼孤獨。

夜巴

行旅路上，所有移動方式中，我獨獨偏愛夜巴。

偏愛的不只是夜裡行路的詩意和矛盾。理想的夜車載體必得是巴士。飛機太遁世，高速高空下，移動遂如搭電梯般失去了真實感。船開在無邊海上太野，火車走在軌道上太規律，艙等車廂分級下人又顯得疏離。唯有巴士對所有乘客一視同仁——窄小座椅、隆隆引擎、微弱照明、單調窗景，一樣的殘忍和寬容，曲曲折折漫漫長長地駛過黑夜，每次顛簸磕絆都完整保留了在路上的本質。

還住臺北的時候，因為種種當時覺得要緊如今都不復記憶的緣由，每逢假期總遲至最後一刻，才搭深夜的客運往返臺南。智慧型手機還未盛行的年代，車裡車外都無風景可言，只有連字幕都看不清楚的小螢幕，一路不歇地搬演著可有可無的俗濫電影。大多人一上車倒頭就睡，鼾聲此起彼落，獨留因情緒過載而被迫清醒的我，一邊數算發亮的地名，一邊沉澱各種奇異的心事。那幾年的生活總感覺像在人群裡被推搡前進，打工、戀愛、應付考試，終日忙碌又惶惶不知所往，只有坐上客運的那幾個小時，才能把自己放心地攤在黑暗裡，暫時切斷與世界的聯繫。闇夜公路上，城市的燈火都離得很遠；光影流過我，卻無法將我穿透。

而今想來，到遠方旅行的念頭，也許就是在某次夜間客運途中，模模糊糊成形的吧。一開始坐客運是因為搶不到火車票，也正好省錢，後來開始工作，手頭漸寬，卻也極甘願捨棄高鐵明亮輕快的車廂，多耗費兩三倍時間將自己困在漆黑的巴士座位上，人雖靜止卻猶在前行，雖徬徨仍尚有去向，從緊湊日常裡撐出一點間隙，慢慢琢磨更久遠的未來裡，行路和方向等等難解的問題。

多麼像是每趟旅行的本意。

出了島之後，夜車旅行的時間又拉得更長。廣袤大陸的夜晚公路上，多的是動輒七、八小時的長途巴士，日落後出發，載著一車搖搖晃晃的夢境，在沿途大小城鎮的睡眠裡走走停停，抵達目的地的時候正好天露微光。醒在嶄新的一天嶄新的城市，此前的挫折、齬齟、寥落都可以徹底抹去，人生加倍充滿希望。

當然都是過於天真的想像。旅行再走得長一點，鞋底再磨得薄一些，殘酷扎人的真相便逐漸顯露出來。真正老練的旅行者，除非逼不得已，對過夜巴士大多敬而遠之。原因倒也不難理解，以觀光角度來看，夜間巴士除了價格低廉，實在也找不到其他好處。外頭景色總是迷茫一片，連經過哪些地名都看不清楚；以為在車上過夜可以省下住宿費，卻被僵硬狹小的座鋪臥鋪弄得頸瘦體乏，還沒看到新，人都已經舊得不堪，下車之後景色再美好，也不比一張軟床和一個熱水澡來得誘人。

況且身在路上看似無邊無際無所畏懼，陌生的國度裡其實更常是無處不戒慎恐懼。語言不通下，儘管手裡握有票根，巴士究竟開往何方，直到落站前一刻都依然成謎，遑論一路濃濃夜色迷離又蒼茫，遇上各種光怪陸離皆有可能。低成本驚悚片最愛用深夜公路作梗，譬如香港電影裡過一個隧道全世界就只剩下一台開往大埔的紅ＶＡＮ，關於旅途噩運的想像便更加鬼影幢幢。現實生活裡，我曾不只一次聽從南美洲歸來的旅人敘述荒涼公路上遭到地方幫派或反政府游擊軍威脅打劫的歷險故事，講到激動處聲線像當時的身體一樣止不住顫抖。行路至此，搭夜巴已不只是舒適與省錢之間的選擇，而是近乎以命下注的一場賭局。

以上種種說詞，在聽聞從蒙特內哥羅首都波德里察到科索沃首都普里斯提納的交通只有一班夜巴可搭之後，青年旅舍裡怨聲載道的一眾背包客又吵吵嚷嚷地對我複述了一次，最後再不可置信地補上一句：妳怎麼會喜歡夜間巴士？

怎麼會不喜歡？我反射性地回答，支吾幾句卻湊不出個足以服人的理由。

關於夜車的記憶想來都是極瑣碎的，像窗外那些沿路幽微的燈火，散落在半夢半醒之間，經過的時候難以辨認，隔一段時日回望，才顯出指路的意義來。比如德國法蘭克福郊外，午夜獨自守著一爿破舊售票亭的老婦人，從小窗口裡探出被淚水暈開的灰色眼影；比如在克羅埃西亞扎達爾終於等到最後一班夜車出發，臨走時對上一起在車站角落坐了幾個小時、正準備就地入睡的一家羅姆人的疲憊眼神；又比如從中國香格里拉到昆明的巴士上，下鋪年輕女孩斷斷續續對手機另一頭講了一夜傷心的話；或者從挪威西海岸回奥斯陸一路下著雨，凌晨忽然醒來看見濕漉漉的夜色，路燈在窗上折射出慘淡的光芒，一時還以為回到最低谷那年，身處臺灣清明梅雨季黏膩的車陣裡……

夜巴駛過這裡那裡，所有地方的夜晚卻都是一樣的長相。四周黑到了底，生活最陰暗的部分便可以無所顧忌地攤展開來——發臭的鞋襪、充滿汗味的胳肢窩、鼾聲、夢話，當然還有挫敗的情感和游移不定的心。一邊排遣，一邊且還能煞有介事地安慰自己，過了這夜，下了這班車，一切終將有新的開始；經歷了最苦最艱難的一程，眼前終將一點一點明亮起來。

又或者不。倘若事事盡如己意，大概也就不是這樣搭夜巴的命了。我一直記得那年第一次搭長途夜巴，從明尼蘇達暴雨的空城出發，經過鍾愛詩人譯名為陌地生的麥迪遜，要前往當時看來遠在天邊的芝加哥。票價不過十美元的車班，途中彆扭不適自然不在話下，好不容易熬到雲破日出，路旁樓房漸多，眾人正歡快地打電話聯絡親友收拾行囊，忽然一個震動，巴士緊急煞車停了下來。

是爆胎。之後的幾個小時，司機以疲憊的聲音一次次重複。窗外的天色漸亮，人們紛紛醒轉上路，反倒走了一夜的我們，坐在愈加悶熱的車裡動彈不得，眼巴巴望著來來往往的車潮，忍不住懷疑自己是否就要被永遠留在世界的反面……

往後的日子裡，每每搭上夜巴遠行，想起這節，仍然弄不清總是不務正業的自己，究竟是單純的樂於自討苦吃，還是從那一刻起，就順勢在世界的反面待了下來，從未離開。

邊境

巴士在匈牙利和塞爾維亞邊境慢慢搖搖停下來的時候，我才意識過來自己正在旅行。

或者更準確地說，意識到自己是一個旅行者。巴士停穩之後，兩個高大的邊境警察上車，表情和窗外的風景一樣荒蕪，不知道是出於職業偽裝，還是日積月累的無聊。其中一個用斯拉夫口音濃厚的英語喊：「護照。」眼神也沒特別對著誰，彷彿他只是在課堂上複誦一個單字。一車的人溫順地開始往背包內層、外套口袋、腰包深處等夾縫裡摸，把自己掏出來，把臉擺弄成照片上的樣子。巴士司機不知道什麼時候熄了引擎，整輛車忽然變得像太空艙一樣安靜，只剩下那個警察刷刷翻著護照頁的聲音，單調而冷酷，我幾乎以為我要交的是一張考卷。

有段時間裡，這個場景成了我關於旅行最頻繁出現的惡夢。密閉的空間。冷峻的臉。陌生的語言。漫長而不知所以的等待。有時持槍的男人進到車子裡，像我看過的某部俗濫電影一樣將車窗掃射成碎片；有時整台巴士忽然移動到以前工作的地方，我不知道要怎麼或跟誰解釋來到這裡完全不是我的本意。在一次情節裡，我到處找不到護照，面對邊境警察狐疑的眼神步步進逼，只好將整個背包裡的衣服書本生活用品翻出來倒了一地，竭盡全力地大吼：你要我怎麼證明我是誰？你看哪我全部的東西都在這裡了，還不夠嗎？

當然不夠。電影《裸體午餐》裡比爾在虛構國度安那西亞的邊境被攔下來，要求證明自己是作家，於是悲壯地一槍打死隨行的情人，如此隱喻式的情節在真實世界裡自然很難發生。真實的邊境上，旅行者的存在不過一本護照，經歷、個性、喜好、情感全都失去價值。列維納斯理論裡唸起來像一句咒語的il y a，每次聽到我都不自覺想起邊境上的自己。il y a。法文字典裡的註釋是存有。列維納斯說那是無存在者的存在。中性到近乎虛無的存有，感覺特別薄特別渺小，隨便就可以弄丟。

尤其是像這樣的陸路邊境。一個國家的盡頭接著另一個國家的盡頭。如果因為沒有護照被留在一片荒涼的公路旁，大概就真的在形式上抵達我去過最遠的地方了。

要是再早個幾年，沒有固定該完成的工作該繳的帳單，以及越來越容易疲憊的身體和因世故而越來越膽怯的心，被留在遠方自然也不是什麼惡夢，畢竟年輕時每次上路最初始的願望，就是把自己放逐到世界最邊陲的角落去，在全然陌生的風景裡漫無目的地晃蕩。既然漫無目的，也就無所謂走丟。找不到路便繞路，錯過了車便等下一班，食物吃完了便餓，水喝光了便渴，沒有地方過夜便整晚不睡，聽不懂對方的語言便慢慢地猜，在異國邊境弄丟護照這種遭遇聽起來更像是電玩裡的終極任務卡，接到時只會忍不住興奮地期待整個故事將如何成為未來許多年的談資。這樣滿心歡喜地承接著噩運。這樣相信時間能解決一切的樂觀。這樣多的時間。我有時候懷疑我那時只要踏上旅途，就自動分裂出另一個人格。

但至今仍沒掉過護照。十多年來所有在邊境海關蓋的章，都還好好地收在抽屜深處。那些形狀深淺不一、腳印般凌亂散落在護照頁裡的圖章，曾經承載邊境在我旅行路上最初的具象。島國出發的旅行，從一個機場海關的排隊等候線抵達另一個機場海關的排隊等候線，護照翻頁多落一個印，就算過了一個國界。村上春樹上個世紀末在遊記裡寫，在誰都可以去任何地方的時代，邊境已經在旅行裡消失了。二十多年後來到電子通關和免簽入境盛行的現在，連邊境最後的痕跡都要消失殆盡。在移除內部邊界管控的申根區旅居幾年之後，國界漸漸在我的認知裡失去了形狀，只剩下路旁很輕易就能忽略的樸素藍色金屬牌，象徵性地標誌著國名。我常常忘了自己正在旅行，可能也不只是因為離家太久的緣故。

忘了邊境的不只我一人。塞爾維亞邊境警察在車上轉了一輪，手上紅紅綠綠的小本子疊在一起，燙著各自的金邊，像握了一個世界。所有人都交出了自己的身分，眼神看起來非常空洞，除了兩個二十出頭歲的德國男生，在警察經過時露出困惑的表情：「我們沒有護照。」

警察皺起眉頭：「為什麼？」

他們更無辜了：「為什麼要？」

來回爭論幾句之後，兩個德國人跟著警察下車。巴士司機已經站到車外抽菸，表情看起來非常無奈。我旁邊經常往返兩國的塞爾維亞女人看起來更無奈，把頭重重靠到車窗上：「天啊這不知道要等多久。」

我第一次真正理解邊境的意思，還是在旅行多年之後。也是在巴爾幹半島上，克羅埃西亞和波士尼亞沿著亞德里亞海的陸路邊界，車流從邊境檢查口起停滯了好幾公里，在豔陽下看起來像原地起伏的一條浪。那時候巴士上不知道誰的旅行文件出了問題，一車的人都被酷熱逼到一旁貨架上滿是灰塵的雜貨超市裡。我完全忘了當時時間是怎麼消磨掉的，只記得超市玻璃門上大大貼著的十多幅國旗中間，莫名竟然有中華民國的旗子。幾十分鐘前，我和邊境警察又重複了那個發生過太多次以至於聽起來像相聲段子的對話：「中國人需要簽證。」「這不是中國護照，是臺灣。」「但上面寫中國。」「不是，是臺灣。中華人民共和國才是中國。」

我頓時想回頭找到那個警察，指著國旗對他說看到了沒這是不一樣的國家，儘管那面旗子也不能真正代表我的國家。後面那句顯然多了，他大概只會更加困惑，我於是再次選擇放棄。話語一旦要貼近事實，就顯得累贅而渙散，我不知道要如何更好地解釋近萬公里外一個我無法客觀說算是存有還是存在的國家的邊界。

那次巴士在邊境停留了近兩個小時才重新上路。「但這還不是最荒謬的。」當時的旅伴總這樣向其他人一再重述這個故事：「我們根本沒有要去波士尼亞，只是要到克羅埃西亞南邊的另一個城市。」

然後來到荒謬的高潮：「波士尼亞這段嵌進克羅埃西亞的海岸線才二十公里。」

那確實是我看過最畸零的國界之一。盾牌形狀領土的左下角延伸出一條細小走道通到海邊，像一隻絕望而乾枯的手要抓一點水。讀了太多南斯拉夫崩解期間的內戰故事，很長時間我錯以為那是克羅埃西亞在戰爭裡最終沒拿下的土地。「跟那場戰爭沒有關係。」後來一個讀歷史的斯洛維尼亞朋友糾正了我。

有關係的是另一場戰爭。他像一個說書人絮絮地說，十七世紀末期鄂圖曼帝國戰敗，現今克羅埃西亞北部的大片土地於是歸給了哈布斯堡王朝和威尼斯共和國。南方的拉古薩共和國與威尼斯長年敵對，為避免正面交鋒，便將北邊一小片靠海的土地贈與鄂圖曼帝國作為緩衝。鄂圖曼帝國把那片土地併入波士尼亞行省，當代的邊界就此成形，後來……

他越說越快，我開始走神，恍然有些懂了為什麼我總無法解釋好自己國家的歷史。長長而曲折的句子裡我只聽到重複的戰爭戰爭戰爭，而且故事裡的國家早就都消失了。

戰爭與邊境。人類歷史亙古的旋轉門。每條國境上空，都免不了戰爭的幽靈層層疊疊。跨過邊境之後，我經常被另一些看不見的邊境絆住。在波士尼亞安靜的村子裡，有人指著一個塞爾維亞族警察的背影，說那就是二十多年前戰爭裡殺了他家人的鄰居。在科索沃米特羅維察將城市裡兩個族群一分為二的橋下，一個塞族人說他不懂國族主義，只想回到橋南邊他原本的家。到了科索沃消失在地圖上的塞爾維亞，大半輩子生活在南斯拉夫時代的音樂家堅決地說，他不管其他人想當什麼人，他的國家永遠是南斯拉夫。

個體的正確疊加在一起，最終漫過邊境，成為殺戮的錯誤。列維納斯說il y a之所以令人恐懼，正在於其因失去主體而無所終止的存在。我想問他，如果再更形而上一些，這個關於邊境的悖論算不算是一個人性的il y a，否則我們如何仍不斷忍受著戰爭，又不斷為戰爭裡受難的人感到沮喪？

令我沮喪的還有被邊境困住的人。幾十分鐘之後，兩個德國人又上了車，巴士終於過了邊境關口。我不知道他們最終如何說服了邊境警察，只想起一個因為厭惡逐漸右傾的艾爾多安政府，在巴爾幹幾個國家流轉逗留了整整一年的土耳其男人。他說他幾次到過我剛剛越過的邊境，沒有申根簽證進不去匈牙利，又不願意付三千歐元給偷渡集團，就只能望望邊界另一頭乍看一樣荒蕪的風景，再調頭回去：「我這輩子最大的願望，就是拿到一本歐盟的護照。」

邊境上有些人是存在，有些人是存有，還有些人連存有都失格。或許這才是我做惡夢的原因。

瑪德蓮

耶誕假期T從南方回家過節，照例約了我喝杯咖啡。我帶著他穿過兩個人曾經一起住了五年的街區，深冬的天氣一樣濕冷陰鬱，路上的人一樣面無表情，頭髮被陽光和海水漂成淡金色的他顯得格外唐突。八年前初到B城的時候，正是T這樣帶著我在曲折的鵝卵石巷弄間遊逛，斷斷續續地敘說著哪間酒吧進了新的啤酒、哪個十字路口某天兩台車擦撞駕駛差點打起來、哪間公寓曾經住過哪個聚會上認識的人等等十分輕薄的瑣事。這是他的國家的城市，我抵達之前他自己在這裡住了一年，兩人分開之後他搬到地中海岸邊的國家，迷上了衝浪。我幾度想換個地方生活，兜兜轉轉最終還是留了下來，也說不清原因。「現在妳才是當地人了。」過去三年裡他不只一次這樣對我說，語氣讓我想起一次漫長越洋電話末尾初老的母親：「現在我是孩子，妳是大人了。」我始終不知道時間在蟲洞裡扭曲的樣子應該像是一摞胡亂堆摺的被子，還是一個縝密的繩結，但那樣的瞬間確實令我恍惚，感覺身在一個從前做過的夢。

那五年裡我和T一起去過許多地方遠行，兩個人都沒有固定工作，收了背包說走就走，孩子遊樂園般不知睏倦地隨處晃蕩，路上極少吵架。大概因為如此，最終分手時也像走到岔路上，很自然地便一別兩頭了。再見面的時候我說我的旅行，他說他的，談到新旅伴時他說大抵都好，就是吃飯太費力氣，為了各自想吃的東西總要爭執不下。「但跟妳不一樣，」他話鋒一轉：「妳從來不在乎要吃什麼。」

我忽然不確定T看過的是不是真實的我，就像分開後的日子裡我經常懷疑，那幾年裡話頭不離馬克思主義全民基本收入的他，與現在篤信自由市場的他，究竟是哪一個說了謊。又或許我從來不曾真正認識他人眼裡的自己。因為幼時外表經常被母親嫌棄，我極害怕在公共場合照鏡子，每次上洗手間總是低頭匆匆沾濕了手就走，也來不及想是為了不看到自己，還是躲閃別人看穿我的可能。在那個用手遮眼身體便從世界上消失不見的童稚邏輯裡，我可以放心地扮演另一個人，明明知道想吃什麼卻反射性地說都可以，想緊緊抱著的人到了眼前卻只點了點頭，幾年來寫了許多關於異地的文章，裝模作樣地談政治談歷史談冷僻風景，卻極少談及食物。

事實是我對地域最深刻的記憶大抵都來自食物。在北京零下十度寒冬裡背著厚重擋風門簾與當時的情人擠在桌角吃一盆土豆燒肉，筷子往盆裡夾的時候才發現吃的不是花生而是浸滿肉汁的鬆軟馬鈴薯；在香港鬧街地下室的茶餐廳縮著身體嚼一個在素色盤子裡看起來十分孤單的菠蘿油，從子彈一樣咻咻越過頭頂的粵語和杯盤聲裡意會到必須快點吃完，否則酥脆的麵包皮馬上就潮了奶油就涼了；在舊金山初秋微涼的港邊站著喝盛在酸麵包裡熱呼呼的蛤蜊巧達湯，一邊用薄薄的塑膠湯匙小心撈起濃稠的湯，一邊看海鷗搶食滿地破碎的麵包碗，一時困惑這道菜有名的不是麵包其實是湯；在塞拉耶佛外牆還留著戰時彈孔的奇發皮（ćevapi）店被冰冷鐵盤上看起來互不相干的一塊烤餅、十條肉腸和一小堆生洋蔥弄得十分失望，真正咀嚼起來才了解為什麼總是眉間微皺像一小朵烏雲橫在額頭的當地人都吃得臉上光彩乍現。

普魯斯特那本我似乎窮盡一生也讀不完的漫長小說裡，叨叨絮絮的敘事者咬一口名為瑪德蓮的矮胖糕點，便拉引線般地扯出一整幅童年布景。按普魯斯特的話說，那是食物的氣味和滋味以幾乎無從辨認的蛛絲馬跡，支撐起回憶的巨廈。在我隨腳步不斷堆積又不斷磨損的旅行記憶裡，一地有一地的瑪德蓮。

旅居異國的日子裡，家鄉的瑪德蓮成了手臂上的一個痂，生活上並不礙事，偶爾微微地癢，微微地疼，靜下來的時候總忍不住要摳，於是永遠無法癒合。出門社交的時候，痂自然是看不到的，要直到同樣帶著痂的人聚在一起，話題停滯的片刻有人問起「你喜歡住在這裡嗎」一類無關痛癢的問題，所有人把痂都攤出來，瑪德蓮才自動在嘴巴裡藤蔓一般地生出滋味。

特別是在被戲稱為美食沙漠的B城。一次與幾個異鄉人又進入這個閒聊環節，阿爾薩斯人談起夾在烤麵包裡、暖暖糊糊氣味濃郁的芒斯特起司，土耳其人描述少了一罐酸得嗆鼻、紅豔豔醃甜菜根的廚房如何顯得空蕩，伊朗人為了一條作為飯後水果、沾著鹽吃的清脆小黃瓜興奮得兩眼發光。我愣愣聽他們說著這些，想起前幾天看的電影裡一個不起眼的情節——兩個孩子躺在草地上看天空，其中一個問另一個：我要怎麼知道我看到的藍色和你看到的一樣呢？

我於是知道我再怎麼樣也無法把記憶裡軟嫩的鴨血、吸飽滷汁的凍豆腐、煎得恰恰裹上醬油膏的蘿蔔糕對他們形容得更誘人一點（尤其到底要怎麼精準地翻譯「恰恰」？）。我的瑪德蓮不是你的瑪德蓮，我甚至不能說我喜歡你的瑪德蓮。但也沒關係，帶著各自的瑪德蓮，我們依然一起進入了一個神聖的瑪德蓮時刻，感覺人與人最親密也不過如此。

那是我後來才領悟到的包容。二十歲出頭的味蕾像一截初長的根，哪個方向都能飛奔過去，胃也還沒變得敏感畏疼，什麼都能黑洞一樣很樂意地吞下。那時旅行對包容的理解，就是把陌生之地沒吃過的東西都嘗過一輪。第一次到芝加哥，兩天裡行程的主軸全是吃食：派餅一樣塞滿厚重起司和臘腸的深盤披薩、沒在兩大球甜膩鮮奶油下的重乳酪蛋糕、捲在色彩鮮豔的芥末醬醃辣椒番茄片裡的水煮熱狗、滿滿濕潤肉片和起司毫無顧忌地溢出麵包捲的牛肉三明治……一路上遇見什麼人，看過什麼風景，說過什麼話全都忘得十分乾淨，只記得和當時的旅伴重複地為同樣的問題困擾：已經到了想吃的餐廳附近，肚子卻還不餓，該怎麼打發時間才好？

和「打發時間」這樣奢侈的困擾一樣，我對異地食物海納百川的好奇與寬容，過了某個年紀便很乾脆地消失殆盡了。離開芝加哥時蘿蔔入坑般很剛好地卡進夜間巴士窄小座位的飽足肚腹依然是我的瑪德蓮，但肚腹裡那些油膩沉甸的食物，大多很難再喚起三十多歲的我的食慾。倒也不是挑剔，只是各種花稍豐腴濃稠尖銳繁複的滋味都嘗過一些之後，才發現自己喜歡的，其實只是最平淡無奇、可以帶在身邊放在嘴裡慢慢咀嚼的簡樸物事。神奇又不神奇的是那樣的食物哪裡都有，卻又長成不同的樣子，安上不同的名字——敦煌暗巷裡厚實的新疆烤饢，匈牙利大小車站旁炸得香氣四溢的蘭戈斯（lángos）油餅，豪邁堆疊在巴爾幹半島各地麵包店櫥窗的布雷克（börek）烤酥餅，在肯亞鄉間兩個月裡每天早餐配奶茶吃也吃不膩的曼達濟（mandazi）炸麵糰，還有每每到當地人家裡作客慎重端上桌的洽帕提

（chapati）麵餅。吃著這些的時候，總想起臺灣的蔥花大餅蔥油餅雙胞胎烙餅燒餅。一地有一地的瑪德蓮真正的意思是，玻璃珠在柏青哥機台上隨命運遊轉了一圈又一圈，最終都要回到原點。

或許T說的也不完全錯。若不深究到底，吃得簡單與不在乎也無甚區別。但偏偏就是這樣簡單的物事最經不起深究，也最難複製。那些麵粉、水、鹽巴混在一起的平凡食物哪裡都有，偏偏不在我居住的城市。想念的時候有時也試著自己攪和，明明樣子都對了，吃到嘴裡細細咀嚼到底，味道總是精準地差了那麼一點。就像和T分開之後的旅行，即使帶上一樣的背包，即使身邊有時也有談得來的旅伴，感覺總是有些拘束，有些疲倦，有些空，明白過來勾引出回憶的瑪德蓮，終究只是瑪德蓮的贗品。

也是這樣想起B城於我的瑪德蓮。長途飛行十多個小時後抵達的那個夏日早晨天空藍得抖擻，T來車站接我，回到新租的公寓放下家當後肚子有些餓，廚房空空蕩蕩，遂到附近街角一家咖啡店吃一盤平凡得不能再平凡的義大利肉醬麵。幾年過去，那家店的確切位置在回憶裡已經十分淡薄，但我仍記得那時正午的陽光將T湛藍的眼珠曬得像海，記得我看著海裡彷彿一望無際的嶄新生活忍不住微微發抖，記得用叉子慢慢捲著義大利麵的時候似乎有人不經意地問：這會不會是我們人生最好的時刻？

這問題放得越久，我越不敢答。曾經滄海難為水總是沒錯的，只是見到滄海的時候，往往不知道那就是滄海的樣子；吃著瑪德蓮的時候，往往沒意識到那就是永不再來的瑪德蓮。生在B城那個聲線愁苦的香頌歌手有一首歌正叫作〈瑪德蓮〉：「今晚我等瑪德蓮／我帶了紫丁香／我每週都帶紫丁香／瑪德蓮喜歡這樣……今晚我等瑪德蓮／但雨水落在紫丁香上／每週雨都這樣下／瑪德蓮沒有來。」瑪德蓮是他的聖誕節，是他的美國夢，即使她太過美好，他配不上。

真實生活裡，香頌歌手最後娶的不是瑪德蓮。結婚之後他開始成名，用扭曲而憂傷的臉在舞台上一遍遍地唱到歌詞的末尾：「明天我會等瑪德蓮／我會再帶紫丁香／我整週都會再帶紫丁香／瑪德蓮喜歡這樣。」

沒有人知道瑪德蓮來或不來。那是明天的事。

明信片

不知不覺也來到用不復存在的物事指認記憶的年紀了。電腦是一個發燙的弧形箱子看起來真的像一個腦的年代。連上網路前必須先嗶嗶啵啵彷彿從深海往不知名遠方發送信號的年代。拿著黃黃厚厚一本電話簿可以跟整座城市裡任何一個家庭說話的年代。公用電話卡上有一個黑點拖著長長淡淡的影子慢慢走向最底的年代。最慎重的字必須用繽紛閃亮的筆寫在花樣繁複的信紙上再放進同樣花樣繁複溢著香香豆氣味的信封裡的年代。一行最多只擠得下七八個字簡訊的窄小手機螢幕上貪食蛇不斷長長只為更輕易殺死自己的年代。究竟是時間過了，所以它們消逝了，還是它們消逝了，所以時間過了？完全是一個無限循環的哲學命題。回到形而下的世界，想到那些物事正如何在更年輕的人眼裡，替換我所理解的電報、留聲機、黑白電視，就感覺自己也在逐漸泛黃、鬆脫，最終科技發展的速度要呼嘯而過，留我在風裡粉碎、消失，回到上個世紀去。

而我切切實實是上個世紀的人。不合時宜最確鑿的證據不是出生年分，而是固執，篤信已經過去的時代是最好的時代。某天跟二十出頭歲的朋友談到虛擬實境眼鏡將如何取代人眼，忍不住脫口而出說幸好我沒有晚二十年出生，語氣像極赫塞化身的《荒野之狼》主角在小說裡抱怨彼時新興的爵士樂比起古典樂如何低俗刺耳。為了推遲一個想像中盛世的衰亡，不合時宜的人還得水中撈月地去抓緊時代餘下的碎屑，用鉛筆寫字，到書店買書，數零錢付帳，看DVD光碟上的電影，再三向親近的人強調任何禮物都遠比不上一張手寫卡片。

儘管如此，明信片也越寫越少，越收越少了。去年一整年去了三趟旅行，第一趟在機場趕通關的路上匆匆寄了兩張，後兩趟一張也沒寄。關於消亡，令人悵惘的畢竟不是目睹一座華廈的殘垣，而是眼睜睜看樓一點一點傾斜，愛人的眼神一點一點冷淡，喧鬧旖旎的城市一點一點被縛進極權的牢籠裡。看命運像個雜貨小販一樣手勢華麗地展示著平淡無奇的商品，聲音被廉價麥克風吹鼓得空空洞洞：看吧看吧相信了吧。相信了我相信了。一切都無法挽回。消亡不是結果而是前提。只是當自己也成了消亡的一部分，不免有些無謂的感傷。

原以為是前中年的緣故。年紀越大，生活的樣態越像高速公路上的回數票收費員（又是一個屬於上個世紀的物事），各人有各人的島，各人的道，埋頭收取日子經過的擔，彼此遠遠也看得見，只是留給對話的餘裕極小，就連轉身都有些為難。沒有想寄明信片的人，有想寄明信片的人但沒時間寄，有時間寄但不知道怎麼寫滿一張卡片，甚至知道要寫什麼但找不到筆，都十分合乎當代中年人的情理。活過三十歲，該傷的心傷透了，該懂的人情不懂也接受了，一張明信片這樣薄這樣無足輕重，很難再有計較的心情。

但顯然明信片漸漸淡出的不只有我的生活。根據美國和歐盟的統計數字，明信片寄送和印製的數量與十年前相比，減少了大約一半。介紹統計數字的文章標題用吹鼓點閱率的語氣寫著：「你還寄明信片嗎？」

這問題似乎無論回答是或不是都有些淒涼，也一樣無關緊要。時代的巨輪要滾過去，完全不是一個人說停就停的事。二〇二二年紐西蘭政府通過法案，預計在兩年後禁止向二〇〇九年後出生的民眾販賣菸草時，有人用譏語的口吻開玩笑說，那個在二〇〇八年最後一天出生的菸民，毫無懸念地將會在幾十年後的某天成為整個國家最孤獨的人。如果全世界餘下最後一張明信片的那天真的來了，很有可能是像一八四〇年第一張明信片那樣，寫著一個自己寄給自己的諷刺笑話吧。慶幸又不慶幸的是，那個人很有可能不會是我。很有可能我只會在未來不遠的時候像個說書人一樣神神祕祕地為故事開頭：在那個人們還寫許多明信片的時代……

在我還寫許多明信片的時期，明信片往往是我從異國帶回的唯一紀念品。年輕一點的時候是因為便宜，年紀漸長之後是因為真摯。在旅途上惦記一個人且記得那人的地址，願意花時間想要寫的字且在餐桌邊火車上睡覺前抓住瑣碎的時刻寫了，又在行程間繞道買郵票進郵局慎重地寄了出去，這樣的心思和時間，放在一張輕薄的明信片上也是足夠沉重的了。況且也是在時間被網路訊息白蟻蝕木一樣嚙咬得空空蕩蕩之後才明白過來，明信片這樣緩慢、單向的溝通方式，更貼近我越來越孤僻寡言的性格和出門旅行的本意——沒有逐日的氣象播送，沒有每餐的吃食照片，真正想說的琢磨到底，幾句話也就能說完了。

寫在明信片上的字確實需要仔細斟酌，畢竟是袒露在外公告似的訊息，倘若費心寄一紙獨白的目的不是貧乏空泛的問候，就得把感情摺疊再摺疊藏進暗語裡。上上個世紀明信片剛在普魯士王國問世的時候，嫻熟於行文造句的中上階級是不願意寄這種暴露狂般的卡片的，直到不久後的普法戰爭期間，郵資便宜且遞送快速的明信片才十分務實地流行起來，並在戰後隨著攝影普及，轉成以圖片為焦點的分享載體——聖誕節裝飾、國王閱軍、殖民地風光、電車軌道崩塌……看圖就懂了意思，連文字都能省去。歷史是循環，而人性是那個輪軸。一開始抵制明信片、憂慮寫信藝術會就此崩壞的普魯士貴族如果看到Instagram甚至短影音如何風靡全球，大概也只會指著習慣在部落格BBS看版上用字填滿螢幕的我這一輩人的鼻子，沒好氣地嚷嚷：你們早就失去唏噓的資格了。

Mes meilleurs souhaits de bonne fête.
moi,
Le 28 juillet 1914

但我仍愛看明信片上的字，尤其是寄給別人的。專業的明信片收藏家到舊貨市集淘的是圖片的歷史價值，我看的都是背後已經掉色的筆跡，必須很吃力地讀像在看撕成碎片的八卦雜誌。瑪麗對尚說一如往常我又做了不該做的事，皮耶對席琳說抱歉我本來會比這張卡片先看到您，香妲對露易絲說媽媽天氣很好有人給我一朵花我很快樂不要擔心，克勞德對伯爾納說我承認你是對的。所有故事都像發生在安哲羅普洛斯總是大霧瀰漫的電影裡。瑪麗是尚偷情的對象嗎？皮耶的藉口能讓席琳原諒嗎？香妲真的快樂嗎？克勞德最後和伯爾納在一起了嗎？明明是那樣容易睡著的迷濛場景，因為一條線懸在半空，越看越精神奕奕。就連那張不知道是誰寄給安德烈、只大大寫著「狗娘養的」的明信片也引人猜疑——安德烈做了什麼被痛恨至此？這張卡片會來到這裡，是因為安德烈不介意被所有人鄙夷，還是他至少不是完全不可挽回地有一點良心，把明信片收在抽屜深處幾十年才在死後和所有其他遺物一起被打包送進舊貨商的卡車裡？一邊看別人的明信片漫無目的地想著這些，一邊心像墜到井裡一樣涼颼颼地打撈出一個問題：我寄出的那些明信片，會不會有天也會抵達這樣的地方，被人用偷窺的眼神這樣來回掂量？

事實是我幾乎不記得任何一張自己寄出的明信片上的內容。找明信片的過程倒是歷歷如新。身在明信片成為裝飾品的時代，寄明信片當然不能只寄十年如一日晾在紀念品店門口的風景照。或許是因為大量複製，又或許因為感覺是用上世紀小畫家軟體（現在還有人用小畫家嗎）做出來的字型和排版太過笨拙，那些風景拍得越如詩如畫，在明信片上看起來越和如詩如畫這個詞一樣俗氣。最理想是博物館裡有對方會喜歡的作品，再不就到觀光區邊緣的手作小店或書店裡翻找。然而這些小布爾喬亞式的挑揀，在出了小布爾喬亞的邊界之後都顯得多餘。一次在阿爾巴尼亞，滿街問了整個早上才在一家小文具店裡找到幾張鮮紅國旗褪成粉色的卡片。另一次在肯亞一間紀念品店也沒看到的首都原本已經死了心，最後竟然在幾乎空無一人的鐵路博物館讓一個看起來昏昏欲睡的員工從老去眼珠般混濁的塑膠袋裡掏出來，抖抖上面殖民時期的灰塵，疲憊地看著我：「這就是妳要的東西嗎？」

帶著不媚俗的初衷，做著媚俗的事情，就像我的每一趟旅行。唯一一次買下標準的風景明信片是在斯洛維尼亞。冒著細雨來到整個國家最知名的景點布萊德湖，沿著藍得不切實際的湖水越走越感到蹊蹺，直覺眼前那個帶著紅屋瓦白鐘塔的湖中小島一定在哪裡看過。一圈走到了底才想起來，是父親以前從日曆留存下來厚厚一疊圖片的其中一張。

我從來沒問過父親為什麼要收集那些色彩豔麗的異國風景。他害怕搭飛機，固執地認床，一輩子沒出過臺灣，但也從未表現出任何遺憾的樣子。我也沒問過他作為一個總是被留下來的人，是不是偶爾也感到孤獨。父親和我一樣寡言，即使還住在一起的時候，我們也幾乎從不交談。母親永遠是那個讀著靜默傳話的人。

在愧疚驅使下買了那張明信片，但記不清是因為旅途波折還是遲遲下不了筆，最後也沒寄出去。這樣一個彆扭的女兒不知道像誰，母親大概會這樣翻譯。歷史是循環。哪天被時代甚至旅行留下來的時候，要記得有一個愧疚的人正帶著這樣一張明信片，在我從沒去過的遠方，電磁波訊號慢慢漂浮過一整個真空宇宙一樣安靜地生活。

輯二

遠方

他們說這是一座荒誕的城市——

穿西裝的男人像雨一樣降落，古城牆旁邊是保齡球館，人們嫻熟自嘲的技藝。

「太好了。」我說：「我是來這裡尋找遠方的。」

在遠方

不知道從什麼時候開始，已經很少聽到身邊有人提起「詩和遠方」了。或許因為年紀，又或許在瘟疫貿易戰集中營警察暴力全球暖化頻現新聞標題的時局下，再嚷嚷著虛無縹緲的「世界那麼大，我想去看看」，不僅顯得格外不經世事，更近乎白費力氣。有這麼多荒誕事件在眼前如熱帶雨林的藤蔓一般瘋長，誰還需要為了神祕未知去一趟遠方？再說，在這個旅遊過熱的年代，嚴格意義上的遠方早已消失殆盡。想像中的世界盡頭，大多都已經布滿資本的足跡，就算走到了，也不過是將自己的腳印疊加進經驗複製的生產線裡。鏡頭拉遠，才悵然發現祕境放逐流浪種種，都不免淪為一場盲目的自我感動。

然而至今我仍滯留在遠方。在連稱為青春末尾都勉強的年紀，幾乎是拋棄了一切奔逃到地球的另一邊，一晃眼就過了五年。再抬頭的時候，像是有天在小學不小心睡了太長的午覺，醒來後發現教室裡空無一人，一時分不清楚現實和夢。同學上體育課的聲音從外頭傳來，我既不願意走出去承認自己睡得太遲，又害怕被漫溢開來的孤寂感淹沒，就這麼揣著不合時宜的遲疑與憂慮，進也難堪，退也難堪。並且更令人難堪的是，這樣狼狽的僵局，除了我自己，誰也看不見。

如此彆彆扭扭地也過了下來，時日一久，難堪成為常態，也就不再時時刻刻感到羞愧。反正身而為人，誰不是抱著無數的兩難命題，或遺憾或迷惘地過完一生？更何況年過三十，記憶的沙漏倒轉過來，日子的重量逐漸去了遺忘那邊，把生活抹成乾淨無辜的一張臉，毫無負擔得令人生疑。因而當有人問起為什麼走為什麼來這類禮貌性又不堪深究的問題時，很自然地便支吾不清起來，像在分租公寓裡走錯了房間，趁對方還沒露出困惑的表情之前，急急地就把門摔了回去。

然後在關門聲落下許久之後，才十分難為情地想起來，一開始會來遠方，其實是為了寫作的。

又或者說，竟然是為了寫作。畢竟寫作和遠方之間並無關聯，這道理我在還沒出發前就懂了。只不過人生如果能這樣理性明快如解一道數學題，大概也就無所謂幸福與悲傷了。婚姻與永恆沒有關係，金錢與快樂沒有關係，戀愛與消除孤寂沒有關係，這些也是所有人都知道的。只是大多人明知會輸也要賭，會受騙也要相信，這樣一想，人性反而又顯得明亮溫暖起來。

總之到底還是來了遠方。大多時候，遠方是三毛隱藏在浪漫段落間的提水、做飯、購物、搭車、賺錢付帳等一類因人在遠方而變得艱困的平凡小事（其實後來我總懷疑，年輕讀到這些的時候，究竟是一廂情願地為文字所惑，還是真心相信自討苦吃是創作的本質）；另一些時候，則是海子早早就領悟到的「遠方除了遙遠一無所有」。想像中湧泉般源源不絕迸發的靈感，依舊只存在在越來越稀薄的夢裡，醒來拿筆要記，斑斕的光芒瞬間褪成單色，再轉成一片空白。而這也不過是所謂遠方無法改變的諸多事情之一。

於是在遠方寫作，年歲越長，瑣事越多，寫的字越少，也不知道是否全然是遠方的緣故。

再後來，心理上也去了一趟遠方。讀到來自家鄉的一則性侵新聞，像是眼前忽然打開一個黑洞，一不小心，就掉了下去。在那個暗無天日的地方，我的身體停在原地，任由腦子疾疾亂走，和過去不同時期的自己相遇，每一張臉都非常冷淡的樣子，不知不覺就越走越遠，失去了方向。偶爾收到的訊息，看上去都像是從另一個星系，經過漫長光年跋涉才遞過來的文字，寫和讀的兩邊都感覺非常吃力。一天有長輩寫信來，語氣半是困惑半是責怪：「我都搞不清楚妳在哪裡。」我看到信後，一時不知道如何反應，因為確實也搞不清楚自己身在哪裡。那陣子常常半夜醒來，以為還睡在幼年時的房間，起身想走去廁所，卻撞上了牆，這才意識過來人在遠方。並且現實生活裡，那個幼年的房間也已經不復存在了。

而那似乎也是當時我寫作狀態的隱喻。將近兩年的時間，除了日記，我幾乎一個中文字也沒寫，和家裡亦斷了聯繫。那段時期我住在地面下的房間，斷斷續續用陌生的語言寫著論文，很少出門，從窗戶可以看見過往行人的鞋底，踏過經年的雨水，一步步像踩在我的頭頂。終於某天出了太陽，鼓起勇氣外出社交，別人問我做什麼，我反射性地說寫字，但寫的是中文。眾人哦一聲，話題就轉往別的地方了。

只剩下我，和我寫過的字留在原地。那樣的孤獨感我其實非常熟悉。還在島上的時候，每每談論到寫作，總是免不了這樣難以為繼的尷尬沉默。所有人都走遠之後，我所在的地方就成了遠方。不知道為什麼想起許久以前，在網路上讀到一個人描述他童年常玩的遊戲：無聊的時候，他經常在桌上放一顆糖，等到一隻螞蟻經過，聞了聞糖，歡快地跑回巢穴呼叫同伴來搬。然後他會把糖拿走，看著一大群螞蟻蜂擁而至，由興奮轉為失望，認定那隻報信的螞蟻是個騙子。

我忽然知道了怎麼回答那些哪裡來哪裡去的問題。關於寫作和遠方，有時候我是那隻莫名成了騙子的螞蟻，有時我是巢裡千千萬萬以為自己受騙的螞蟻，有時候我是放了糖又把糖拿走的人，但寫作這件事，永遠是那顆糖。

垃圾

對布魯塞爾的第一印象，是滿街的垃圾。

十多小時的飛行，黑夜換回白天。闊別歐洲多年，踏出車站一刻的大好晨光、廣場上滿地振翅鴿群、色彩各異的雕花老公寓卻都視若不見，只記得從車站到租屋處，人行道上一袋袋連綿不斷的垃圾。早晨上班男女衣著光鮮齊整，跟鞋在垃圾袋間踏得抖擻響亮，垃圾袋也站得直直挺挺。兩個世界，一派精神。

這樣理直氣壯。

畢竟是規矩內的垃圾，市政廳網站上寫得清楚，每週兩天早上收不可回收的白袋，一天收枯葉雜草的綠袋，紙類的黃袋和瓶罐類的藍袋則隔週交叉收取。收取垃圾的地點就在住家門口，原本規定入夜後才能出清垃圾，但不少人興許是行程匆忙，又或按捺不住潔癖，一大早便把隔天才會被收走的垃圾一股腦地送出門外。關上門後，一扇木板之外無名無姓的垃圾，就與自己一點關係也沒有了，回到家裡又是乾淨嶄新的人生。

多好。那些時間發酵後的腐敗氣味、乾癟無用的空瓶空盒、日子擠壓後殘留下來的湯湯水水、壞掉的耗盡的失愛的甚至再也不想見到的各式雜物，累積在一起黏膩扭曲得令人生厭，打包丟棄卻這麼輕盈方便，幾乎可以是最好的情緒治療。好幾次我甩出一大包垃圾，瀟灑關門，一瞬間心裡像一片初春新生的草原一樣平靜又空蕩，回到床上安心入夢，隔天再開門迎接一個清爽強壯的早晨。

更何況發洩情緒總要善後，倘若丟錯了對象，用錯了方式，又不免生出更多難解難分的陰影和傷痕。丟錯了的垃圾，卻可以輕易地以無知包裹無情，說不認就不認。收黃袋的早晨，常會見到幾個被遺留下來的藍色垃圾袋，袋上貼著「今日不收，敬請領回」的字條，沒有收件人的名字，自然幾天過去都無人回應。裝著瓶瓶罐罐的垃圾袋被風打得劈啪響，行人來來往往，鴿子或烏鴉飛來啄破了袋子，一個可樂空瓶便沿街滾動起來，哐啷啷敲著被棄的寥落和自由。

生活是這樣矛盾的。在溫暖的公寓裡看街上張狂翻滾的空瓶，好慶幸自己不是垃圾，卻也好恨自己不是垃圾，一身憂煩散了又來，沒個解脫。

然而垃圾也是丟不完的。儘管一星期最多只收兩次，儘管垃圾袋得花錢買，儘管一天天過得平平淡淡彷彿沒得到什麼也沒什麼好丟，垃圾桶總在不知不覺間便滿了起來。說到做好做滿，任誰一生的效率大概都比不上一包垃圾。若在臺北，垃圾車暗夜裡駛來眾人一擁而上，誰丟得多誰丟得頻繁也沒時間弄清楚；反倒在布魯塞爾，一幢公寓一扇門，整條街放眼望去多少垃圾明明白白。一幫都市人蒙頭度日，各有各的步調，一包包垃圾倒很有規律地按時被送出門來。

在「垃圾不落地」的口號下成長了大半輩子，大刺刺盤踞人行道的垃圾著實讓我刺眼了一陣子。第一次丟垃圾像裸體出門，探頭張望四下無人，趕緊拖出垃圾，往兩棟公寓中間一放，頭也不回地轉身衝進門。垃圾倒得像在行竊，自己也不免覺得好笑。笑完之後就心安理得多了。想起以往多少被紅燈困住、眼睜睜看著垃圾車遠走的窘迫時光，如今連鞋子都不用穿就可以把垃圾送出門，很快就坦然地苦盡甘來了。

原來要維持乾淨的日子很難，可是髒，卻一下就習慣了。不僅習慣，還可以從髒污裡找出樂趣來。將自己融入每星期兩次的垃圾街景之後，有陣子我熱衷於探看眾家的垃圾，宛若一場當代考古，要從被毀棄的日常屍屑裡，拼湊出生者輪廓。比如樓上的女人總是晚歸，特別嗜吃對街開最晚的那家土耳其烤肉，垃圾袋裡一式冷硬塑膠餐盒層層疊疊；對門一個獨居老翁幾乎每晚吃義大利麵，麵又總是下得太多，冷硬麵條攀在垃圾袋上彷若寂寞的蛛網；或者住老翁樓上兩個年輕男生，啤酒兩星期就喝掉三個大垃圾袋，且始終是一罐臺幣十塊那個最便宜的牌子；又比如隔鄰的男人向來獨來獨往，某天他提出的垃圾袋頂端，卻露出了一截女人的黑絲襪……

我立時收起眼光，像是不小心冒犯了什麼。

半透明的垃圾袋立在街頭，坦然大方，再細看下去，卻幾乎要變成窺探。垃圾原來也是一種隱私。二〇一六年，美國西雅圖法院裁定，政府打開住家垃圾袋以檢查垃圾分類的政令，已經侵犯了隱私權，讓混雜一氣的垃圾頓時有了各自的貞潔與名分。人不認垃圾，但垃圾認人。丟掉的時候好灑脫好不屑一顧，以為從此互不相干，沒想到越是絕情捨棄的，越是緊緊相連。

美好的留不久，醜惡的丟不開，現實不過如此。不願面對的、恥於開口的，垃圾都幫著說了。也難怪我們要丟。

二十世紀初，來自美國費城的幾位年輕畫家，以描繪城市裡骯髒角落和貧困小人物的寫實畫風，一新當時美國藝術界的耳目。其作品色調通常晦暗、陰冷，氣氛污濁慘淡，被學院派批評是「散播醜陋」，卻引起收藏家、藝廊的瘋狂追捧，認為他們畫出了「真實的美國」。這個評價兩極的畫派，就叫垃圾箱畫派（Ashcan School）。因醜而真實，因真實而美，如此矛盾又理所當然，就像這個旅遊書中美好精緻的歐陸大城街上，三天兩頭並排而立的垃圾。

一次有朋友在歐洲各城市繞了一圈，來到布魯塞爾，看到滿街垃圾亦像我初來時一樣震驚：「這裡垃圾都這樣丟嗎？」

一天過去，市區裡景點也差不多逛遍了，問心得如何，她臉上表情複雜，像是曾經滄海難為水，又像過盡千帆皆不是：「就旅遊來說，小了一點，無聊了一點，平淡了一點，街上垃圾多了一點……」說到垃圾，她話鋒一轉。

「但很有人味。」

那一瞬間，我幾乎要以為自己已經習慣的不是髒，也不是醜，而是赤裸真摯誠誠懇懇的一顆心了。

施工

布魯塞爾總在施工。

冬天多雨，施工的地點多在室內，這個地鐵站的磚鋪完了，換下個地鐵站的閘門拆掉重建。每逢上下班的尖峰時段，人潮和煙塵一起滾滾蒸騰，陰冷天氣裡倒也是一種溫暖。春天一來，雨一停，一夜之間和滿樹櫻花梨花一起沿街盛開的，是千道萬道的施工圍欄。這個街角重埋電纜，那條馬路的舊石板要換，此外尚有許多整建一半的大樓重又開工，上班時間一到，各式電鑽鐵鍬壓路機百家齊鳴，地面也為之震盪起來。工地旁的咖啡店感受最是明顯，機械隆隆單音下店員連點單都聽不清楚，只能讀唇，耐性差一點的顧客來回幾次都溝通不成，索性擺擺手說不要了，踩著輕輕搖晃的地板，踏浪一樣離去。

也有可能真是不需要了。噪音衝腦下，再沉的夢也得醒，哪裡還要咖啡呢？鑽地聲答答答響，整座城市節拍飛快，像是催人趕緊上路，工作，過活。想起小學作文開篇總愛寫：「一年之計在於春，一天之計在於晨。」韻押得好聽，然而對於我這個長於北回歸線以南、對春天的唯一印象只有熱得像夏天的春假的小孩來說，其間關聯始終難解。如今在一片施工聲響中忽然領悟，原來這才是真正的春天早晨，漸進的溫暖帶來繁忙，繁忙帶來希望，此刻好勤奮好抖擻好精神，日子大破大立，明明朗朗。滿城施工告示像是辦公桌旁貼的打氣便條，或小金魚，或盆栽，煩悶沮喪的時候總有物事在一旁提醒，還有人在努力喲，振作點吧。答答答答。

當然，正面能量的前提是施工地點不在住家附近，也不在通勤路上，否則明亮朝氣的早晨，便只能是塞車、轉車、迷路的無底深淵。剛搬來的那年春天，市中心外環道的一段隧道封路整修，每天晨間廣播盡是哪段路堵塞的新聞。即時路況一再更新，綿延的車陣卻沒有減少，光在家裡聽都令人煩躁。正想關掉廣播，一陣尖銳的敲擊聲傳來，心裡暗叫不好，果然開窗一看，對街的變電箱周圍已經鑿出一個大洞。洞裡的工人和我對望一眼，臉上沒有表情，拉上耳罩繼續往下鑿。

誰叫這裡是布魯塞爾。

施工本身並不特別，求新求變的全球化浪潮下，發展中國家埋首建設，已開發國家一邊修繕也一邊都更，哪座城市不施工。然而布魯塞爾的修建工程似乎更顯而易見，也更頻繁，幾乎可以成為地標。某次看一法語電影，畫面裡石板窄路、紅屋頂老公寓的街景看來熟悉，又不能完全確定，直到鏡頭帶過路旁黃藍相間的施工圍欄，答案瞬間洩了底，不作二想，肯定是布魯塞爾沒錯。

認出當下只覺得興奮，後來轉念一想，隱隱有些歉疚。巴黎有鐵塔和聖母院，阿姆斯特丹有運河和單車，再樸實一點的柏林，也有電視塔和壯闊的城門。一座歷史悠久的城市，要依靠經年存在的施工圍欄而不致面貌模糊，想必所有布魯塞爾人都會表示不服吧。

更何況這些施工路障、號誌、煙塵、噪音，再如何長年累月，也不過是暫時的風景，工程結束便要消散無蹤。正因為暫時，面對施工引起的種種不便，人們的忍受度總是比平時高一些。施工圍欄圈起的，不只是待修的路、待補的洞，還有對嶄新未來的美好承諾：再塞幾個星期的車，就有更寬敞的馬路；再繞道幾天，就可以搭上直達的電車；再忍受幾個月敲敲打打，就有一棟美麗的樓房。說到底人也不貪心，為了一片大好藍圖就可以一輩子庸庸碌碌。能讓人甘心匍匐的永遠不是現實，而是好夢終會成真的期待。

這年代，應該再沒有完成不了的工程了吧。對街的施工進入第三天，我看著那個彷彿不見底的洞悶悶地想。電鑽的聲音偶爾仍篤篤傳來，像往心裡最深的地方鑿。不知是否因白天過多聲響刺激所致，施工的那幾個夜晚我總是多夢，夢裡場景更迭，卻總是一樣的情節：我從人群裡落了單，急急趕一班車，一面跑一面驚駭地感覺自己越變越輕，一路歪歪斜斜地散落著軀骸……跑了一整夜，醒來的時候疲憊萬分，睡了像是沒睡，夢遊般地走到窗前，洞還在那裡。

日子久了，有時我的確害怕自己是一個填不實的洞、一台修不好的機器，來到這個施工遍地的城市，一起壞得徹底。布魯塞爾最著名的工地，大概要屬盤據市中心制高點的司法宮（Palais de Justice）——全世界最大法院建築，十九世紀末興建，二戰時被德軍一把火摧毀大半。戰後雖然勉強修復了外觀，內部的梁柱卻仍脆弱不堪。最近一次的整修始於二〇〇三年，至今整棟折衷主義的建物仍覆在層層疊疊的鋼架下，看起來一籌莫展。二〇一五年至一六年，比利時政府因防堵恐怖攻擊不力而成為國際輿論箭靶的那幾個月裡，司法宮便一再被搬出來做為破敗體制的象徵。但一座被種族、貧富、語言撕裂得傷痕累累的城市，總也修不好的，又豈止這些漫無止境的工地呢？

司法宮的竣工遙遙無期，另一頭巴塞隆納聖家堂則興高采烈地宣告即將在二〇二六年完工的消息。近一百五十年的修建終見盡頭，網路上早有人迫不及待地做了立體的建造史動畫。從無到有，從過去到未來，我一路看到最後拆除鷹架、簇新獨立的教堂全貌，竟有點悵然若失。

都說人追求完整，然而當缺少的都被補齊，受損的都被修復，無傷無痛的世界，卻不免顯得空虛而無聊。少了一部分未知空白的聖家堂，還能是那個「每次來都會不一樣」的聖家堂嗎？到了那時，應該有不少人倒極願意再回去過修修補補的日子，來撫慰心裡的缺憾了。

也是這樣想回來，如果有一天，布魯塞爾變得乾淨齊整，一點施工修繕的痕跡都沒有，所有道路順暢無阻，所有街景完好無缺，人們反而會覺得有點徬徨，甚至沒有回家的感覺了吧。畢竟心裡還是有好大的洞啊，沒有整座城池陪著療傷，坑坑疤疤的每日每夜，要怎麼孤獨地過呢？

長日

日子過得好長。

傍晚九點半，對街的紅磚屋頂還泛著一層金邊，人行道上遛狗、慢跑的人來來往往，腳步散漫，也不趕著回家。一對男女斜靠在已經關店的超市門上，面對面徐徐抽一根菸。那菸看起來閒適而多餘，更多時候只是被晾在喋喋不休的主人手上，配合說話的語調上下揮舞，總燒不完似地一點一點落著灰。話題更迭和日光歪斜的速度一樣緩慢，隔鄰小酒吧的露天座位上，幾桌人才剛開了第二瓶酒，軟木塞落在地上，胖墩墩的影子全無要長長的意思。

已經嫌遲的晚飯後一個小時，天色才正要暗下來。每天日照時間超過十六小時，名符其實的漫漫長日。太陽像個大洞似地吞沒著時間。

這是我在北緯五十度的第二個夏天，有點習慣，也有點倦。去年初抵此地的時候遭遇了嚴重的時差，要適應的不只是地球兩端的日夜交替，還有

亞熱帶與溫帶對於時刻光影的認知差異。面對亮晃晃的窗戶吃晚餐總覺無味（等到天色真正暗了才食慾大增，宵夜當晚餐吃因此長橫不少），在一片大好陽光下招呼「晚上好」也感覺言不由衷（以致於後來惹出幾次一大早說「晚上好」的笑話），更別提從小活在一白遮三醜的陰影之下，見光就躲晝伏夜出的穴居動物習性一時難移，每回出門用來遮陽居多的雨傘總卡在包包開口進退兩難，掙扎著撐或不撐。長長的日光凌厲如針，逼得人放棄所有舊習、防禦和隱私，夜晚又一覺即過，短得像是不存在。我賴以維生的各種扭曲晦暗心思頓時無處可居，連帶整個人終日都惶惶不安。四周人們熱烈擁抱豔陽的時候我總一陣侷促（在四季如夏的島國還曬得不夠嗎），克服時差的腳步跨不開，漫漫長日遂成為我最艱難的文化隔閡。

如今經過一輪四季也就懂了。白日再長，陽光再烈，也不過短短數週的光景。孤獨鬱悶自有陰冷不見盡頭的冬天可以消磨，霪雨不斷的春天秋天亦頗耗人耐性，好不容易熬到雲破日出，誰還有餘力計較夜太短、安靜沉澱的時間太少呢？把自己像塊野餐布一樣大大方方地攤在陽光下才是首要大事。

每逢晴日，公園草地上一眾人等四仰八叉地躺成一片，或煞有介事地讀書，或小寐，或閒閒地談話。樹葉的陰影極慢極慢地移動，生活都在明亮的這邊。現世彷彿安穩，歲月彷彿靜好。

而日子還長著。傷心事可以理所當然地丟得很遠，或是直接用想像送自己到美好得難以描繪的遠方。陽光將世界刷成了白紙，萬事萬物皆有可能，漫無目的也不過分。正在這麼想的時候，幾個剛放暑假的年輕女孩嘰嘰喳喳走過眼前，不一會兒又繞了回來，其中一個極隨意地問：「我們接下來要去哪裡？」她一邊問，且還一邊向前走著，好似其實不需要回答。

不同地域、不同年代的青春，原來都是一個過法。幾年前也常是幾個人這樣在街上晃蕩，沿途走走停停，有時為了耗費一兩小時找一頓吃食，有時就只是為了晃蕩。不怕繞路，也不害怕迷路，能多消磨一些時間更好，往後的日子還這麼這麼長，像那些總看不膩的夏日公路電影，男主角打著赤膊，女主角身上懶懶掛著感覺隨時都可以滑下肩膀的細肩帶洋裝，擋風玻璃外是閃閃發亮以至眩目的公路直直通往世界盡頭。崔西・查普曼的沉厚嗓音在一邊唱：「你有一輛快車／我想要一張車票，到任何地方都好／也許我們可以一起走／一起走到某個地方……」再後面的歌詞太悲傷也就故意地忘了。

明朗陽光下去哪裡都好，做什麼都好。溫帶的夏天因而確確實實是一場恣意浪費的青春、一趟不瞻前也不顧後的公路旅行，做任何事都帶點不顧一切、無聊當中找有聊的意味。韶光易逝，虛度就是最好的珍惜，長長日光就是舉辦節慶最好的理由。六月下旬開始，大小城鎮街區紛紛舉辦各自的夏日盛會，內容不外乎射飛鏢打靶等兌換粗糙絨毛娃娃的小遊戲、賣涼水雜貨乾果的攤商，以及家家戶戶大掃除般將雜物堆在門前的跳蚤市集，買的賣的對於價錢都十分隨興。傍晚時分，顯然是臨時湊數的兩三個當地樂團踏上小小的舞台唱歌，聲嘶力竭唱得荒腔走板眾人也不以為意，擠在一起身體便搖擺起來，手上冰涼的啤酒一杯換過一杯，一半喝下肚，另一半一不經意就全翻灑到地上。

酒水落在陽光下，不一會兒也就乾了，悄無聲息像被蒸發的時間。三點，五點，六點，再回神已是八點，四周還是天荒地老地亮著。

也花許多時間看足球。寬廣草地上年輕運動員追一顆球賣力奔跑，來來回回推擠、摔倒，大多時候只是徒勞。悶熱酒吧裡幾十雙眼睛盯著，等待許久只為寥寥幾次進球時的放聲嘶吼，贏了球便拽著國旗滿街齊聲唱起口號，汽車喇叭響遍整座城市。分裂的國家、頹唐的經濟、生活的各種難題都可以被一場球賽輕易抹去。全心全意開心的時候，就以為美好都是永恆，彷若夏天的漫漫長日。陽光。天空。海。音樂。草原。

於是天氣更熱、更無所事事的時候，一整列火車滿載肩揹簡易帳篷的男男女女，往鄉間的原野駛去。現代版的胡士托除了表演太過華麗，其餘草原音樂節該有的元素一樣不缺：難得擁擠的凋蔽小鎮、總是亢奮脹紅又曬紅的臉、尿和酒精和大麻的混合氣味、滿地垃圾與倒頭或醉或睡的人。三天前鮮綠的草皮被踏成三天後煙塵滾滾的荒漠，陽光落在沙地上越顯得永無止境。

夏天的狂歡總那麼長，又那麼短。音樂節的最後一天，幾夜不得好眠、頭昏腦脹的我們草草收起帳篷，走很遠的路到火車站搭車。長路漫漫，正覺得身心俱疲，卻見身旁的一眾青少年，依然神采飛揚地要趕赴下一個慶典。

下午六點的日光將他們的臉龐照得發亮，夜晚還在四個小時，甚至更遠以外的地方。

長日漫漫，但時間確實仍在前進。那一瞬間我才發覺自己不再年輕了。

秋天

那年歐洲的秋天來得特別快。

雖說快，但其實是遲了。夏天不疾不徐地到八月才來，三十度高溫一路燒到九月底，像是個不言自明的補償。臺灣被接連颱風吹得涼颯颯時，整個歐陸仍悶熱不休，人們樂得繼續以假期的心態度日，上下班時間的街道看起來格外慵懶，只有往常暑假過後便顯得冷清的移動遊樂園仍歡快不懈地運轉尖叫著。好幾天早晨我打開天氣預報，面對兩地彷彿互換的數字，一時不知自己身在何方。

秋天還會來嗎？九月的最後一天幾個人坐在廣場台階上，一邊啜啤酒一邊用手搧涼，曬著若無止境的太陽，不禁默默地擔憂。然而掛心季節到底是多餘的，和漫漫夏天一起藉口延宕的生活還擱淺不前，幾天後一夜過去氣溫便陡降了一半有餘。早晨霧氣濃厚，冷風迎面刺進骨裡，路上行人紛紛縮起脖子，大半張臉都埋在深色的圍巾後面，像無表情的棋子那樣急急地走。

日子就此一逕陰冷下去，毫無轉圜，遊樂園很快撤得乾乾淨淨，留下一片死寂的空地。少了寒暖反覆的曖昧過渡，秋天顯得格外冰冷決絕。這樣的天氣，也不知道該算是聖嬰，反聖嬰，又或兩者皆非只是正常；飄搖吵嚷的一年過下來，此刻倒也什麼都不覺得奇怪了——逃離恐怖分子的難民一到歐洲反都成了恐怖分子，土耳其政變似真似假，英國脫歐公投弄假成真，一個文學獎點燃詩歌論戰受獎者卻連得獎通知都遲遲不回，一件校園性侵案延燒起數個月的夏夕夏景，以及荒誕劇一般的美國大選淪為農場新聞，全世界邊看邊罵依然捨不得轉台。若真要說從其間的紛紛擾擾學到什麼，大概便是對現實落於想像之外的包容力了。這樣的背景下，秋天來得如此不近人情，似乎也算是理所當然。

何況秋天本就不近人情。

我來自一個沒有秋天的地方，從小卻莫名地最喜歡秋天。上小學時，一題「最喜歡的季節」不知寫過多少遍，每每都想寫秋天，但要說是因為景物蕭瑟凋零怕老師側目（一個八、九歲孩子自述喜愛孤寂與毀滅，恐怕很難只以強說愁解釋），因為農作歡喜豐收又實在矯情（小鎮裡的孩子誰家還真的靠天吃飯呢），心裡掙扎一陣，最後還是更矯情地寫了千篇一律萬物美好積極進取的春天。

喜歡了，又說不清。對於秋天的感知始終抽象而模糊，真要追述起來，不外乎書裡電視裡的遍地落葉滿山楓紅，所有美好都更像是自己的一廂情願。印象裡離秋天最近的一次，是許多年前唯一一次隻身遠行到加拿大旅遊的母親捎電話來。葉子紅得像火哪。通話仍倚賴海底電纜的年代，母親的聲音像從很深邃的地方傳來，跋涉萬里，每個字都伴隨咕嘟作響的氣泡碎成片段，斷斷續續說著好美哪可惜全家沒一起來。我和弟弟湊在好小的話筒邊聽，又興奮又落寞，心想原來那就是秋天，原來那就是遠方。

秋天於是總在令人悵惘的他方。儘管日後趁著暑假有機會往北飛，因趕著回程開學，和秋天總是一再擦肩。在九月仍兀自暑氣蒸騰的臺北，帶著假期結束的失落和受困日常的鬱悶，翻看留在當地友人傳來萬聖節千盞萬盞的南瓜燈、各種紅紅黃黃顏料大肆潑灑彷彿經過嚴重修圖的高原山景，感覺羨慕嫉妒恨都不只一點。到過的遠方依然是遠方，熱帶裡要過秋天像在現實裡擠兌一點夢，和人群擠上山看芒花，吃幾顆糖炒栗子，極偶爾的時候燉一隻渡海而來的大閘蟹，都是些細細瑣瑣，卻足以抵禦一陣厭世無聊的事。

然而當秋天真正成為現實，大多時候就與夢無關了。溫暖明朗的夏季結束，正是殘酷的夢醒時刻，嗓音沉鬱的樂團為秋天前死去的父親一遍遍唱：「九月結束的時候，叫我醒來。」醒來後的現實是好物不堅牢，是琉璃易碎，是世界大片大片地斑駁下來終要走向消亡，所有人或者沿路撿拾滿地炮竹煙灰的荒涼與哀傷，或者在事情變得更壞以前，趕著再找一點依靠。失愛的找愛，無家的找家，心裡有缺口的拿眼淚填補，關於秋天的故事情節大抵不出這些。

在離家萬里的北國度秋也是現實的。第一年對於周遭變化還十分上心，每天像看萬花筒那樣專注地看草葉褪出不同的顏色，赭紅的，金黃的，亮橘的，印度紅，馬真塔紫，香檳黃，從尖端開始一點點鮮豔起來，長出另一個靈魂，幾星期後燦爛到了底，風一吹便甘心地死了散了。暴烈地華美，也暴烈地毀壞，多麼近似詩的本質。

那時還沒意識到，浪漫的初心也都是這樣消散的。想寫的詩猶在心裡掂量著，日子轉過一個輪軸，秋天的生活亦褪出本質，變成艾克曼鏡頭下坐在廚房曠時費日削著馬鈴薯的婦人，在狹小的公寓裡冗長地忙忙碌碌，渾然不知外面的世界如何交替代換，又如何明滅生死。美其名是認真生活，更多時候只是為了被時間遺忘，畢竟一個尋常秋日的氣溫，便已經低過我所習慣最寒冷的冬夜。等到某日雨後放晴，稍稍回暖，特意繞道走進公園，放眼看去竟只剩下灰暗的樹枝，和仆跌在地、各種顏色都枯黃一片的落葉。

若非這樣快得讓人措手不及，大概也不是秋天了吧。樹林間的小路上，且還散落了許多被碾碎開來的栗子，看了讓人十分心疼，直想捧起那些碎片，帶回沒有秋天的島嶼，放到熱呼呼的鍋爐裡煞有介事地翻炒，直到它們回復溫暖完整的形狀。原來這就是秋天。清冷的陽光穿過樹枝，滿地落葉遂泛起一層金邊，彷彿顧城所說的，在河床上閃耀的生命碎片。我揣度著還沒寫下的詩句，捨不得將它們踩碎。來往行人匆匆且堅定地走過，發出嚓嚓的殘忍聲響，那一刻怔忡的我，多麼像個異鄉人。

等雪

臺北下雪的這個冬天，我待在歐洲大陸上等雪。

從入秋開始，亞熱帶小島傳來的問候都從天氣開始：幾度了？冷嗎？衣服夠不夠？穿幾件出門？盡是擔心畏寒的語氣。殊不知我天生嗜冷怕熱，溫度越低，我越振奮，打開窗戶的時候，全身隨著冷風撲面輕輕顫抖，彷佛才有存在的證據。熱浪和汗水讓人昏沉，寒意使人警醒，總愛替懶惰找藉口的我一天天催眠自己，再過一天，再冷一點，就要認真起來，生活就要更有希望了。

更何況還有雪。

土生土長臺灣小孩的地理觀：凡高必有雪，凡有雪必浪漫。雪名符其實是超脫現實的存在。舊時日劇韓劇男女主角逛遊樂園似地在銀白大地裡愛得純潔無瑕；《王牌冤家》裡喬爾和克蕾汀的記憶在雪裡崩塌了，自然也必須只能在凍得真空一樣安靜的雪夜把彼此找回來；《千禧曼波》的女主角為甩脫臺北的煩悶焦燎，更是直奔雪淹得只見屋頂的夕張，每踩一步都能很乾脆地把痛苦埋到最底。

人都愛遙不可及的事物，熱帶住民猶愛雪。雪是異國，也是遠方，日子過得極厭極煩的時候，想像一場安靜的雪鋪天蓋地，多乾淨多美多好。被雨困住的城市嘈雜狼狽，不如被雪困住的城市，艱難處境裡看起來依然一派靜謐優雅。

當然，安靜優雅都只是表象，困住的本質仍是一樣的，更何況嬌弱的現代大都市，一夜的雪就足以讓第二天的通勤交通大亂。聽到生平第一次在高緯過冬的我正殷殷等雪，當地友人總不以為然，一副能免則免的神情。雪下在山上滑雪場、森林小徑，和雪下在趕上班早晨的汽車擋風玻璃上，截然是兩種心情。

我不以為忤，入冬後每天查看氣象。往年的初雪都落在十二月初，然而儘管十一月氣溫便降到零度，十二月幾乎所有的路樹都只剩空枝，一天六小時的日照令人憂鬱，冬日臺北一樣陰陰綿綿的雨也沒少下，卻始終沒有雪的消息。

等雪總是要令人失望的。

還在上小學的某一年，大概也是在電視上看雪看得心癢難耐，甚少遠遊的父親突然起意要帶全家去合歡山看雪。那是小家庭史上最漫長的一次旅行。還沒有衛星導航、手機無線上網的年代，父親慎重地買了兩本地圖，幾個晚上仔細地研究自駕路線；母親則在小鎮上的衣飾店四處尋訪，為一家四口添購了最耐寒的大衣、手套、毛帽和圍巾。出發當時天還未亮，一家子在開了暖氣的車子裡穿得嚴嚴實實，宛如連夜趕赴戰場的士兵。

車子開過許多陌生的地名，我揣著人生即將第一次見雪的興奮搖搖晃晃地做夢，途中醒了兩三次，窗外一貫冬日暖陽的光景，雪沒見著，反倒感覺越來越熱。時近正午，我們仍在苗栗的某個平地小鎮打轉，間或暫停於兩三個檳榔攤問路，順帶禮貌地買了幾罐沒人要喝的冷飲，鬼打牆似地始終找不到上山的入口。脫下來的沉厚毛衣外套將車內氣氛弄得愈加煩躁，傍晚時父親終於宣告放棄，車頭倒轉一路往南，賭氣似地開得飛快，回到家已是深夜。

十多小時的等雪之旅由雀躍轉為夢魇，所有厚重的衣物被母親收到衣櫃的最底層，從此家裡再也不提看雪。我對雪期待又不敢太期待的複雜情感，約莫就是從那時候開始蔓長的。

受過的創傷始終難好，心裡又仍藏著戀慕，高高低低的希望失望間，勉強維持著平常的日子。等一場雪，幾乎像等愛情。

到了聖誕節還是不見雪，這下連不那麼期待雪的當地人也緊張了。沒有雪的聖誕節，好像過年少了鞭炮，滿街燈飾也顯得意興闌珊。有天經過一街角，發現聖誕樹上竟一片白，還以為自己錯過了一場小雪，近看才發現只是白色的泡棉。白頭的聖誕樹兀自立在街上的深色枯枝間，總也不融，倒像是什麼祈雪的儀式。

這樣想來，平常多只聽過祈雨，祈雪倒少有耳聞，除了滑雪場價格不斐的假期，雪對現代人而言似乎沒太多實際的功用，暴雪連日更是令人困擾。遠看極美，近看是極端的惡：多了傷神，少了又頓失情感依靠，甚至憂慮起全球暖化云云。雪落下來潔白無涉，倒把人心矛盾曲折的部分都反射了出來。

於是等雪等久了，不禁自問等的究竟是什麼。一個解答？一個安慰？一場好夢成真？臺北下雪的那天，布魯塞爾反常地陽光普照，氣溫直上十五度，我走在幾乎要是亞熱帶的冬日裡，惦念遠方的雪景，回過神才發現自己走到一個陌生街區，全失了方向。

冬天都過了一半，理想中白茫茫、可以洗淨一切的雪卻還沒等到。凡想與天爭的，似乎都只能是令人心痛的徒勞。失望的傷口反覆破綻，漸漸長出無感而多餘的硬皮，如今回頭看，許多情感就是這樣磨掉的吧。黯然之際，想起多年前在另一個北國城市等雪，零下十度裡等了十多天，耳朵都要凍掉了依舊鎩羽而歸。回到溫暖小島第二天，當時牽掛的人捎了信來：「妳走的隔天就下了雪，輕輕細細的。看到的時候第一個念頭就想，可惜妳不在。」

可惜妳不在。那句話當時在我心裡震盪許久，幾個月後兩人說好分開，更是難以釋懷。直到如今我仍沒想明白，那個缺席的空位，究竟是我自己下意識地選擇離開，還是命運本來就沒為我留下位置；天寒地凍裡，我是那個從未存在的果陀，抑或互不相干的兩人，只是湊巧一起等了一場果陀。

等雪恐怕也是這樣捉摸不清的一件事。接近冬末的傍晚，我騎車回家，忽然感覺有細小固體迎面打來，不如雨滴潮濕，也不如冰雹扎人，低頭一看，肩膀上一片溫柔的白，用手一拂，就化進大衣的絨布裡。

輕得像一個被忘記的夢，總算下雪了。

下里吧人

我經常看見她坐在轉角的酒吧門口。有時是早上十一點，有時是晚上十一點。五十多歲的女人，長相和衣著都整齊樸素，桌上總是放著一杯半滿的啤酒，表層泡沫散得乾淨，金黃色的液體停滯在原地，帶著裸露礦脈的光澤。水珠從玻璃杯邊緣浮出來的時候，她的酒看起來就像一顆哭泣的石頭。

我於是偷偷叫她尼俄伯。希臘神話裡死了所有孩子的尼俄伯化成石頭之後仍不停地哭，但是不再感到疼痛。有人詮釋那是永無止境的哀傷。我其實不太懂。我以為哀傷最深沉的時候，人是沒有眼淚的。我曾在另一個城市遇過一個外表與尼俄伯近似的女子，用洞穴深處一樣冷涼的語氣對我說，愛只是背叛的一部分。

那女子當然與尼俄伯一點關係也沒有。她的那句話裡甚至或許沒有任何哀傷。人的一切所見，都只是自我意識穿鑿附會的倒影。

我不知道尼俄伯在早上十一點到晚上十一點之間都做些什麼。日裡夜裡她用一樣的表情看報、看行人、看鴿子、看杯子裡的酒，很可能她從來沒移動過。我之所以只在這兩個時間點看到她，完全是因為我的寫作總在那時走到絕路，逼我關上電腦，出門，晃蕩到隔壁的酒吧，山裡找網路訊號般地往一無所有的地方打撈不可見的靈感。那段時間我的生活和寫作狀態一樣散漫無序，工作和社交零星寥落，醒時想睡，睡時常醒，腸胃疲軟像一條鬆脫的鉸鏈。在酒吧遇見尼俄伯，有時幾乎是一整天裡唯一篤定的事情。

我沒問過尼俄伯為什麼在酒吧。我害怕那問題會壁球一樣理直氣壯地回彈到我身上。早上十一點，晚上十一點，獨自上酒吧的人都帶著無謂的表情，像一個空蕩的架子經不起推敲，也用不著推敲，很輕易就能被周圍或奔波或談笑的人群淹沒。尼俄伯也沒跟我說過話。每次和她一起坐在酒吧，總讓我想起到過的幾個員工餐廳。沉默、吞嚥、疏離，都只是包覆所有人的那座巨型機械的一小部分。人和人眼神極偶爾交會的時候，視線的質地渙散而深邃，彷如黑白電影末尾被捕撈上岸、死去的怪魚眼珠那樣不知所往又尖銳的凝視。

生活的甜蜜，甜蜜的生活，翻來覆去都是一樣造夢的句式。我們在各自的位子上，盡責地喝完各自的酒。誰也不必敬誰。

那是酒吧遍地之城的包容。喬伊斯在小說裡寫，穿過都柏林時不遇到一家酒吧是困難的。我沒去過都柏林，但單是我居住的尋常街上，不到五百公尺就有七間咖啡館兼酒吧，早上七八點開門，凌晨三四點休息，其中一家甚至二十四小時營業，要不用尤里西斯夢囈式的步調遊逛其間，也是困難的事。酒吧看起來都老，不知是因為簡陋的招牌、質樸的裝潢、搖晃的桌椅、總是半枯黃的裝飾植物、室內不分日夜昏暗的燈光，還是種種這些物件一起安靜存在，對映街上不懈奔走的車流自然露出了琥珀的顏色。酒吧裡的客人大多也老，實際年紀上的，酒齡上的，泡吧頻率上的，來回點一樣的酒，嗑花生，聊天，讀書，滑手機，看牆上螢幕裡永不止息的靜音球賽，玩角落燦燦發光的舊式遊戲機台。懶於移動的固定去離家最近的那家酒吧，想走動的則一間接一間流連，從木蘭花到維京，維京到獅鷲，獅鷲再到卡呂普索，手上拿的還是同一杯啤酒。

我喜歡那些與室內陳設完全無關、彷彿抽籤般從字典裡隨意生出的名字，也喜歡酒吧裡那樣乍看凋蔽的生氣勃勃。不若觀光區或大學附近的新潮酒館，老酒吧少有深夜打架叫囂一類酣醉事件，茫到了頂也不過一個人趴桌或靠牆沉沉睡去。或許因為如此，喝酒與酗酒、習慣與上癮、正常與違常之間的界線便顯得平淡而模糊起來。住在這條街上的兩年裡我始終獨居，一個人吃飯一個人散步一個人看電影熟練自如，遂也逐漸習於一個人上酒吧。某日赴一個極為乏味的約會，對方有車有房，每週固定上健身房三天，不知為何談起酒癮，言之鑿鑿地說如果慣例性一個人喝酒，大概離酒鬼也不遠了。我盡可能面無表情地回應，我覺得酒鬼是個主觀的詞，然後訥訥談起尼俄伯。「我不覺得她是酒鬼。」也許是越說越心虛，我的口氣開始堅硬起來，像在自我防衛：「我不覺得你懂酒癮是什麼。」

其實我也不真的懂酒癮是什麼。搜尋引擎裡輸入問句開頭，第一個跳出的句子是「酗酒是遺傳性的嗎？」那個問號魚鈎似地穿過半個世界的洋面，從臺南山腳下伯父家二樓陰暗房間裡的公媽桌邊釣起一張粗糙的黑白照片。五十多歲的祖父。生前與我從未見過面，眼神因而看起來像電影裡擱淺在岸上、死得精神奕奕的怪魚。幼時我隱約明白，人過世一定時間之後，死亡就成了一件鐵器，人們知道它的堅硬，知道它的沉，但不會再想細究它是怎麼鑄成的。極偶爾的家族聚會裡，耳語穿過鐵器的孔洞，發出隱晦的回聲：……像爸按呢啉燒酒啉死……我無法理解喝酒喝死具體是什麼意思，直到一日返回祖父舊時居住的村莊，路上陌生老人大概看我不是村裡的孩子，上前詢問家世，聽聞祖父的名字之後恍然大悟：哦你是彼個酒鬼的查某孫仔。

那是祖父死去十多年後被人記得的全部，也是我對祖父所知的全部。黑白照片上祖父的凝視不知所往，看不出有沒有癮，也沒有人告訴我他是從哪一次酒醉開始，一個踉蹌跨了過界，就再也沒回到規矩齊整的生活。談論家醜是艱難的，談論上癮也是艱難的。你看不到線頭是怎麼開始脫落的。你看到的只能是衣服上的洞，左右旋轉要從洞裡看出一個卦象，例如動物，例如他們說尼采是在圖靈遇到那隻受虐的馬之後瘋掉的。我確實無法得知尼俄伯是在喝酒還是酗酒，只知道我們的相遇逐漸成為慣例。誰知道呢？如果一個人只是每天喝三杯咖啡。如果一個人只是每餐飯後抽一根菸。如果一個人只是每個月上藥局領回一盒鎮靜藥丸。如果一個人只是想要一天有幾分鐘待在另一個人的身體裡。如果一個人只是坐在旋轉的輪盤前對命運懷抱希望。如果一個人只是在一間酒吧有一個固定的席位，重複把一杯酒一點一點喝到最底。

上癮的人極少露出上癮的樣子。日常是日日帶著一個深淵，神色如常。我在酒吧裡盡可能輕快地想著關於深淵的假設，有人問起為什麼來的時候，腳踩在深淵邊緣用跳躍的語氣開玩笑說，是祖父給的基因帶我來到這個以產啤酒聞名的國家；讀護貝A4紙簡陋酒單上繁複的酒名時，漫無根據地猜想如果祖父坐在對面，要給他點哪一款酒讓他高興——朱皮勒味道最近臺啤，路特加爾德白啤消暑，藍比克櫻桃啤酒甜膩，提默曼斯老酸啤酒經典，限量的歐爾瓦金啤顯品味，又或是濃度高的魏斯特馬勒三倍啤酒，開一瓶就可以理所當然說好矣好矣阿公這杯啉了就真正袂當閣啉矣。一邊想一邊清楚地認知到，這無論在哪一派哲學論述裡都是一個全無意義的問題。

更何況去這樣的酒吧從來就不是為了喝酒。要品酒的人會去高雅的葡萄酒館，去藏在古老修道院裡的釀酒廠，沙漠裡喝水一樣珍惜地小口小口啜；渴求酒精的人會去量販超市買一大箱廉價啤酒，搬回家把所有鋁罐都惡狠狠喝空之後，睡在上面的身體就能輕盈地漂浮起來。上老酒吧的人，大多就只是為了進一間酒吧，有人陪著看一顆石頭在眼前慢慢把淚水哭乾。哭乾之後如果還有忍不住的話，能對著鄰座陌生的臉毫無顧忌地說：以前一起上酒吧的朋友都離開了剩我一個。我上個月停經了忽然好想念二十年前墮胎的孩子。我每天醒來都好遺憾自己還活著。我明天要去跟自己結婚。我早上決定要衝到車流裡把自己撞死的但一台播著森巴音樂的敞篷車停了下來車上的人都笑得好快樂。喝醉的時候人看起來都可愛但清醒的時候我真想丟一顆原子彈把所有人都炸死……再怎麼唐突的話語，總有還在哭泣的石頭能不動聲色地吸納進去，一點波紋也不留。在酒吧之外的世界，過分談論傷心是不禮貌的，但沒有傷心的社會又是不正常的。於是在酒吧裡我們說，還好有酒，還好有酒吧，背著外頭的陽春白雪，可以放心做一個下里吧人。傷心的故事說吧說吧。石頭哭吧哭吧。杯子隔空擦過另一只杯子，用不屬於自己的眼淚乾杯吧。

然後第二天醒來，記憶和桌上的水漬一起揮發殆盡，誰也不記得誰說過了什麼。和那些哭泣的石頭一樣，尼俄伯看起來很沉重的身影，終究也蒸氣般輕盈地消失得乾乾淨淨。不知道從哪天開始，我再也沒看過她。不在酒吧，也不在路上。某天在新聞上讀到社區裡一個獨居女人死了一年才被發現的消息，第一個念頭竟想到尼俄伯。是誰用一年的時間遺忘又想起一個孤獨的人？如果死的是我，要多久才會被人發現？尼俄伯是不是曾經在酒吧裡跟人交換過任何說出來是為了被忘記的傷心的話？在我揣度著這些比那個軼聞本身更無關緊要的疑問時，桌上的酒不知不覺就把水珠落盡了。

輯三

夢遊

保持身體的震顫與歪斜，把影子走成碎片。

我如此拖帶著一整個遊牧部族，忘記自己已經迷路。

夢遊的犀牛

又想搬家了。

明明當初也是歡歡喜喜搬進來的。棲居異國的第七年，人際網路終於輾轉觸及到像擁有燈飾一樣燦燦亮亮有著過剩空間的屋主，不管月薪也不看居留證到期日，幾分鐘內帶我看完了公寓後只問：妳是他的好朋友？我說是。她就決定租給我了。好像要住的人其實並不是我。

他是她朋友的兒子，頂樓另一間公寓的前房客。我在深冬的雪地裡遇見他，初夏的一個早晨他說這輩子不可能愛人，於是我們分開，又成了朋友，每天傳不著邊際的文字謎語，偶爾見面擁抱。與他相處的時候我總感覺自己在排練一齣永遠不會上演的話劇，而他是寫劇本的人。作為角色，我只能盡責地用該有的情緒，唸出該講的台詞。他說想念，我才放心地說想念。他久久回覆一個字，我便強壓著怒氣和委屈，極盡溫柔地問出了什麼事。愛人的姿態注定卑微，種種這些在諮商室裡靠著抱枕說都顯得乏味，當然不適宜對第一次見面的房東說。他跟她說我們是好朋友，於是我說我們是好朋友，說完才想起那是舊時法國男子稱呼情人的詞，然後卑微地被那個想法絆住。還好我什麼也沒說。幾個月之後他來新安頓好的公寓找我，臨走時忽然大力拍了一下頭，動作誇張彷彿在演一齣滑稽默劇：噢忘了告訴妳我要當爸爸了，那是一個我故意弄出的意外。他語氣堅定，眼神飄忽，笑的時候嘴角每一條肌肉都非常用力。我知道他知道我知道那不是他故意要的，也不能算是意外。恭喜。我吐出兩個很輕的字，用盡了全力，從此沒再回覆他的任何訊息。

也沒再愛上過任何人。

那是一年多前的事了。我已經可以不帶怨恨地看街上初生的孩子，當然不可能為此想要搬家。人到中年，談失戀和談一見鍾情一樣令人羞恥，更何況是這樣俗濫的失戀和一見鍾情，必須像描述一個孩子如何因為聖誕老人送錯了禮物而沮喪那樣疏離且戲謔地談論，把情感當成廉價塑膠玩具在字詞間踩過來踢過去。不能說「不要相信我的眼光我總是看錯人」。那太自賤，而當代幸福要領是不要把自我價值建立在別人身上，好像他人即地獄只是一句咒語，幸福是一個終會從樹上落下的蘋果不容質疑。不能說「我只是心疼那個小孩」。沒有人會真的關心一個從未見過面的人勝過關心自己。也不能說「我得到了此生最好的單身公寓，而他得到了一個破碎的家庭」。那對比恨意太深，深得可以看到見骨的愛。於是我說，我搬進那間公寓的時候，就知道自己終有一天會再搬走的。

我喜歡我是那句話裡唯一的主詞，承擔所有責任，義無反顧，像一頭固執的犀牛，體型龐大得可以讓人忘記牠的影子，忘記遷徙真正的意思是：沒有任何空間屬於自己。是我決定要經過，要進出一個居所像進出一個城市。國家。感情。工作。人生。把自己打包成一個行李箱，被掃瞄機吞進去再吐出來，期間發生的所有傷害、浪費、徒勞、缺憾，都因而可以不是我的。

不是我的，也不可以是房子的。十多年來搬了十多次家，合約上寫得清清楚楚，怎麼租的就怎麼退還，於是搬出的時候冷凍庫裡經年累積的冰層得鑿開，牆上不知道什麼時候弄出的擦痕必須刷掉，馬桶夾層的尿垢和浴室排水孔下混著黏稠物質的頭髮只能捏著鼻子去清，燈罩上窗縫裡櫥櫃內外要一點灰塵也不留。把所有生活的痕跡都抹去之後，房子又逆轉時光，回到空空蕩蕩的原貌，清潔而令人生厭，像有人說了殘忍的話讓你痛苦多年，終於鼓起勇氣攤開傷口對質的時候對方卻說忘了，一張空洞的臉輕輕巧巧地就讓你連回憶都失去了資格。如果比故意更惡毒的是不以為意，那麼比獨自一人吞安眠藥片般默默反芻著傷害更低賤的是什麼？什麼也沒有。

什麼也沒有的房子。搬進去以前以為那是鼓脹的希望什麼都有可能，搬走的時候只感覺自己像喉嚨裡一根魚刺必須被用盡全力吐出來，落到街上那麼輕那麼可疑。交回家門的鑰匙之後，家門就成了別人的家，陌生的門。再前一次搬家是搬離兩人公寓，看房子的時候前房客一男一女顯然已經分手，冷著臉各自占據偌大客廳的一頭，彷彿一個烏雲盤踞的不祥預兆。當時我隱隱感覺不安，但看上公寓的挑高天花板和剛好能容納一桌兩椅的愜意小陽台，最後還是租了。房子裡發生的事情，和房子一點關係也沒有。只是過了兩年果然怎麼來怎麼離開，兩個人交疊在一起的物品又一一拆分開來，臨別時仍然想不明白，整整兩年裡為什麼只在小陽台上一起吃過一次飯。空空的房子在門後面板著臉說：都是你自己的想像。房子裡發生的事情，和房子一點關係也沒有。

確實都是我自己想的。想搬家的時候看什麼都反感，像關係走到盡頭的時候看情人的臉。面牆的大書桌終日不見陽光無論做什麼工作都像在地底挖礦，廚房流理檯太窄擺不下幾乎不曾用過的熱水壺烤麵包機大同電鍋，隔鄰教堂像從中世紀傳來的鐘聲每半小時催趕一次時間趕得人心慌，後院裡花開得太豔但更令人氣惱的是我有離花園最近的窗卻不能擁有花園。還有門前的電車，日夜不間斷轟轟開過的時候整棟公寓便和地面一起無法遏制地顫抖。心情明朗的時候那讓我想起塔可夫斯基電影裡昏黃濾鏡下隨火車經過搖搖晃晃美得讓人心傷的木頭房子；心情低落的時候我感覺身上每塊骨頭都在震動、碰撞，無處可逃地疼痛起來。

都不過是藉口。十八歲時認識的友人從遠方的早晨打電話來，聽我在深夜回家的路上說著這些。隔著時差和衛星訊號，她的語氣顯得遲疑而困惑：但妳要搬去哪裡？

這是我能找到最好的公寓，我不知道能搬去哪裡。我悶悶地說，我只是不想再被吐出來。

如果真的是為了感情想搬家也就罷了。二十後半到三十前半這樣的遷徙時節，許多人的住址都換得頻繁，或者遇到能一起生活的伴侶，或者花了幾年的時間意識到再也無法和另一個人一起生活，家建了又塌，人像沙塵一樣聚了又散，誰也沒資格問為什麼。友人也要搬家。上通電話裡她宣布交了男友，這通電話裡就要結婚了，必須買房子住在一起。必須兩個字讓她聽起來非常甘心，換成我不解起來：但妳不是想搬去新加坡嗎？不可能搬了她說，然後滔滔談起婚紗和婚禮。我忽然失去了話題的線頭，像一個孩子看氣球飄走一樣不知所措。過去十幾年裡我們總是花許多時間談論他方，在相隔遙遠的城市見面——洛杉磯、布拉格、首爾、臺北、胡志明市、柏林、盧布爾雅納。她問我：妳怎麼不說話？我問她：我們什麼時候開始不說他方了？

她將臉靠近手機，像是要更仔細地看我：可是妳已經在他方了啊。

我這才明白她前一個問題的意思是，都已經搬到了那麼遠的地方，還要搬去哪裡呢？

獨自生活多年，我越來越常忘記自己是異鄉人。臺南的孤獨。臺北的孤獨。布魯塞爾的孤獨。一個人深夜被噩夢驚醒無人可說時，其實都是一樣的意思。而人在異鄉，注定是要可以被輕易吐出來的。有段時間我經常往返市政廳，跟五官長得和行政公文一樣生硬的公務人員交涉居留證上的日期。那些公務人員總是不停替換，彷彿撲克牌一張一張翻出來，永無止境。我必須向每一張牌卡反覆從頭解釋事情的始末，強調儘管只是一個微小數字的差異，就會影響我在當地居住的資格。這很重要。我用扭曲的口音結結巴巴地說，字與字之間有好大的孔洞。他們皺起眉看我，慢慢啜一口咖啡，轉頭兩手輕盈地敲打鍵盤，似乎完全沒有聽懂。我厭惡自己在市政廳總是那樣緊張，那樣卑微，翻來覆去排練幾句簡單的話，既害怕無法完整表達自己，又擔心話語裡的怒氣太盛，某次某張牌卡慢悠悠說出的話會被理所當然地再重複一次：既然這樣，您怎麼不回您運作良好的國家呢？

怎麼不回去呢？要是再早幾年，著迷於左派社會學思想的我很有可能會反脣相譏：誰的家族不是一部遷移史？經濟學理論大概會在兩邊掂量之後嘆氣說，都是沉沒成本謬論作祟的緣故，好像我此去經年就只能是一個在水裡不斷下落的瓶子。用心理學解釋則太複雜，人性暗面連結創傷的坑洞，有時要逼自己直視都顯得艱難。然而理由都是說給他人聽的，如果所有人生曲折都能安穩地放進邏輯的套環裡，就不會有整個人隨著心臟揪起來而清醒徹夜、遲遲無法作答的疑問了。於是我再也不嘗試編織回答，只是行進，每次踏出市政廳的時候，感覺皮膚一點一點堅硬起來。

像一頭犀牛。

想搬家的時候總想到犀牛。極可能與人生有記憶以來第一次搬家有關。上小學前，一家人從山裡的透天厝搬到平原小鎮鐵軌邊上的小公寓，原因如今看來理所當然——山裡唯一的小學全校只有不到二十名學生，而父親工作的地方就在公寓路口拐彎處。然而那畢竟不是一個五歲孩子能輕易理解的邏輯，我當時只感覺整個世界像萬花筒轉到一半停滯下來，所有鮮豔的圖樣縮在一起，成了一團失去色彩的暗影。搬到小鎮是好事，母親說，小鎮離動物園更近，可以去看犀牛。山裡沒有犀牛，於是我停止哭鬧，縮進公寓裡住了下來。公寓只是暫時的，母親又說，存夠錢我們就搬到獨棟的房子裡。

或許因為所有對外窗都加裝防盜鐵架和遮雨棚的緣故，又或許因為那個很快就會搬走的承諾，我對那間公寓的視覺記憶始終十分陰暗，彷彿一切都只是某個主體的影子，只有外頭南下北上的火車日夜不息，唧噹唧噹很堅定地要開往某個地方。如此一過十三年，我離家上大學，一家人再也沒有一起搬去什麼地方。青春期的每個晚上我聽著火車經過，感覺自己縮在軌道接縫裡，終有一天伸出手去，就能抵達一個地名很美的地方。像是豐原。像是通霄。峨眉。金山。萬里。

二伯就搬去了豐原。那是我出生之前的事。據說是因為被當時論及婚嫁的女友騙走了大半家產。小時候我用多年間偷聽來的言語片段拼湊出一個簡單的故事：二伯沒有結婚，獨自離家，到一個水草美好的遠方生活。除此之外，我對他一無所知。家族閒談裡極少提及二伯。沒有人到過豐原，於是「人在豐原」就成了他生活的全部輪廓，輪廓裡一片空洞。住在鐵道邊公寓的十三年裡，二伯到訪過兩次。一次他帶給我和弟弟一人一只顯然過大的成人手錶，算是人生初見的禮物，然後蹲在中風失語多年、阿茲海默症初初發作的阿嬤面前，像對一個洞穴喊叫那樣重複自己的名字。另一次他來向父親借錢做假牙，臨走時面色陰沉，掏出一張某某仙人跳詐騙犯落網的剪報，低聲問父親是不是二十多年前那個不告而別的女子。他來去匆匆，我始終沒能看清他的長相，唯一記得的是他離開的背影，沉重、孤寂，被公寓吐出去，像長壽電視劇裡每個家庭裡都有的那個不知何時變成了卡夫卡式的怪物，必須貼心地把自己搬走，全身固執地覆滿了心虛和愧疚的兒子。

像一頭犀牛。儘管我從來沒真正看過犀牛。後來一家人只去過一次動物園，模糊的記憶裡看了企鵝，騎了大象，餵了長頸鹿，就是沒看到犀牛。那隻未曾見過的犀牛於是跟著我一路遷徙，慢慢長起和杜勒木板畫裡的犀牛一樣華麗而虛幻的盔甲，有時我拖著牠，有時牠推著我，直到某天獨自在另一個軌道旁的公寓裡醒來，恍然驚覺已經離家太遠，四周一片蒼茫，毫無路向，彷彿一路走來都是夢遊。只是不確定夢遊的究竟是雙腳離地的我，還是那隻踏著沉重步伐的犀牛。

而公寓外的車輪仍在前進，擦過軌道發出空洞的聲響，要我搖搖晃晃地做夢，有時就回到了萬里之外的床上，想起豐原一類的地方，想起二伯像一團巨大的黑影捧出公寓窄小的門，然後想起他已經在十多年前的某個夜晚一個人死在豐原的鐵軌上，沒有人能知道是不是意外。是那樣通過層層電話和言語傳遞、突如其來又帶著時差的死，因為安靜而顯得殘酷、冷峻，令我在漆黑的房間裡縮起了身體，彷彿是我正躺在冰冷的軌道上，等待列車從遙遠的地方靠近。地面開始震動的時候，有什麼銳利而堅實的東西一把匕首一樣溫柔地抵著我的背脊，像在說該走了，又像要說不要害怕。

是犀牛。

不存在的抽屜

總覺得人人都有那樣一個抽屜。離家多年後回到少年時期住的房間，不再熟悉的光線照得人迷迷糊糊。抽屜靜靜躺在書桌一角，蓋著各色殘破貼紙，像一塊字跡模糊的墓碑。磕磕絆絆一拉開，褪色的偶像簽名照、大量而零碎的小公仔小模型小卡片、成套的唱片影碟錄音帶、精緻繽紛的信紙鋼珠筆，瞬間齊齊湧了出來，長著一張張陌生而親切的臉，在記憶的迴廊裡懸浮晃蕩，恍然還以為是前世的一場魔術。那場景好似在老家街上與初戀對象擦身而過，走遠後才意識過來，啊是那個曾經深深愛過的人。

而且自己曾經深深愛過。

儘管真要追究起來，那樣的情感完全不能算是愛。十幾歲的那些年，除了自信心，所有觀感和情緒都套了一層又一層的透鏡，水滴聚積屋簷般膨脹再膨脹，直到承受不住跌個粉碎。以為看不到盡頭、日復一日劇烈跌宕起伏的中學歲月，如今只剩下一片迷濛而荒涼的風景；曾經認定是愛的，過了許久才發現只是喜歡，然後又過了許多年，才意識到不過是迷戀。

後知後覺畢竟是年輕最大的特權。在青春狹小而甜蜜的牢裡，一切定義都失去意義。過剩的時間和感情大把大把理直氣壯地浪費，從來也沒有人覺得可惜。人屆中年，那個記憶裡沉甸甸的抽屜忽然變得很輕，裡頭曾經承載生活所有意義的物件看起來都有沙的質地，風一吹就能很甘願地散去。什麼是意義？忽然想起來當年也問過這樣的問題，於是又一次明白為何存在主義是個深不見底的地獄。

好在所有迷戀都有不明所以的本質。為什麼著迷，從什麼時候開始著迷都不重要，重要的是那樣源源不絕製造出生活意義的能力。在眼裡無中生有出一顆蘋果，然後把自己投擲到那漫無邊際的紅裡去，感覺腳底有了重量，得以走過青春期一場接一場的風暴。後來不知道是換了眼神，還是習慣了搖搖盪盪的環境，忽然發現蘋果夢醒一樣地消失了，也不特別感覺空洞或悲傷，懂得怎麼不帶情感地重複步伐，怎麼假裝無意識地繼續走該走的路。在那個瞬間，有人用畫外音說歡迎來到成人的世界，從那之後，任何迷戀都只能是失去理智的表現。

其實我好奇其他人拉開抽屜的時候，都是如何面對不知不覺被割捨下的那一部分被允許失去理智的自己。十幾歲的我生長在一個娛樂資源稀缺的南方小鎮，每天生活範圍不超過家裡方圓一公里，沒有手機或隨身聽，沒有充裕的零用錢，也沒有寬容的電視和網路時間，完全不具備迷戀任何物質的條件。十多年後眾人談起年少時光，所有流行文化符號在我耳裡都成了缺乏意義的聲響，不禁懷疑自己是否在毫無知覺間，曾經活在一個與大多數人平行的世界。

總之在那個已經出租給我從沒看過的一家人的房子裡，我的抽屜空空蕩蕩，什麼也沒有。那些年都是怎麼過的呢？十多歲的我從記憶裡探出頭來，一副非常淡薄的樣子，眼神裡一點火也沒有，甚至從來不曾大聲尖叫。我想起更年幼的時候有次全家難得北上到舅舅家作客，母親問我要不要去看住在附近的大姨，我為了跟表妹玩，便說不去。母親回來之後面無表情地說，大姨說妳真是個無情的孩子。

和大多人還未懂得迷戀的定義，就已經迷戀上各式物件一樣，我在還不能理解無情兩個字意思的年紀，就已經成為一個無情的人。或許那才是我從來不曾擁有那個抽屜的原因。

但偏偏是在對情感認知十分薄弱的年紀，要坦然做一個缺乏感情的人，是最不容易的事。青春期的時候我也曾像做一道填充題一樣，挑揀一些東西放進迷戀的格子裡，只為了不被下課期間的細瑣對話排擠到角落。我從報紙剪下孫燕姿的照片，抄幾首五月天的歌詞夾在桌墊下，還因此在某年生日的時候，收到畢業後便再沒聯絡的同學不知道從哪裡弄來、至今仍不知道是真是假的奧蘭多布魯簽名照，彷彿如此就能長出一些個性。我最初對情感的理解便是一個容器，而不是內容物，如同生活的本質不是生活本身，而是把生活填滿。許多年後學習到一個長長的英語生字，翻成中文是空杯恐懼症，意識到自己到底還是一個有情緒、可以被歸類的人，竟然感覺鬆了口氣。

人可以經由喜好定義個性這件事情，曾經讓我迷惑了很長一段時間。

在那段蒼白而封閉的時光裡，每天除了讀書，唯一固定會做的事就是彈琴。從四歲到十八歲，每天一小時面對八十八個琴鍵，一路彈過拜爾、哈農、巴哈、莫札特、舒曼、貝多芬，直到我缺乏天賦的手指再也跟不上蕭邦和拉赫曼尼諾夫繁雜的樂譜。我手太小，從一開始學琴就知道全無機會有什麼認真的成就，卻依然彈了那麼多年，倒像是在反覆提醒又安慰自己，生命裡還有那麼多再怎麼努力也無法做到的事情。

那些年裡我沒問過自己喜不喜歡彈鋼琴，母親也沒有。在母親的描述裡，四歲那年她帶我經過村子裡教鋼琴的教堂，問我要不要學琴，我說好，事情就這麼定了。那時家裡還正存錢到小鎮買公寓，生活的任何方面都十分拮据，但母親依然堅持用幾乎是其他所有家具總和的價錢，買下一架全新的鋼琴。那個決定如此之重，以至於至今我仍無法明確地分辨，自己從來不曾提出要放棄學琴，究竟是因為不敢辜負那架鋼琴的價值，還是母親對於一個中產家庭熱切而表面的想像。最終我成了一個標準中產家庭出身的孩子，高中畢業後到臺北讀公立大學，把鋼琴留在老家長成堆積雜物的架子，向其他人介紹自己的時候，多了一個看似有教養的談資，甚至能煞有其事地說曾經著迷於彈奏誰誰誰的奏鳴曲，樂於重複哪一個樂章的哪一段旋律，彷彿在談論另一個人。

到後來我就再也分不清自己所迷戀事物的真實與虛假，有時也分不清是自己說了謊，還是迷戀這個概念為我的生活編造了謊言。那些我少數確信自己曾經迷戀過的，全是一些真實世界裡不存在或不復存在的物事：獨角獸。奧德賽。空中花園。德古拉和龍。金字塔裡的各式機關。霍格華茲的貓頭鷹應該在十一歲暑假寄來的入學信。對不存在事物的迷戀能算是迷戀嗎？我曾將這個形而上的問題拋給那時迷戀的對象，他意味深長地說，一個東西如果不曾存在，就永遠不會消失。在那之後不久，我們見了最後一次面，那句話在他頭也不回的背影中浮現，像一個預言。

其中一些迷戀確實像是預言，領著我去了不存在的遙遠的地方。真實的生活在他方。韓波寫這句話的時候才不到十九歲。二十歲他放棄寫詩，去了爪哇，很快又逃回法國，然後又去阿拉伯半島，去東非，過著非常物質的生活，直到患上癌症。我不知道他是否質疑過，自己千里迢迢追尋的究竟是幻想中真實的生活，還是真實生活的反面。十九歲的我當然沒寫出比韓波更好的詩，十九歲之後也沒有，只在二十五歲的夏天丟下幾乎所有東西，全身上下只剩一個小背包地來到他和魏爾倫感情終結的那個火車站。早晨的車站泛著令人暈眩的白光，所有人都在說我聽不懂的話，追趕一班又一班從遠方駛來的火車。一百多年前那場撕裂兩人生命的爭吵沒有留下任何痕跡，這也是我在出發前就知道的事情。

儘管如此，還是一直在走，在抵達，在離開，在他方過著他者的生活。住過一棟又一棟屋頂有細長煙囪的老公寓，在公寓裡從來沒看過那些煙囪。卡夫卡出生的小屋。席勒一再重回的河邊小鎮。佛洛伊德每天下午抽菸斗的河中島。濟慈重病直到死去的房間。佩索亞深深埋在房子內裡的書房。班雅明遊蕩至凌晨的林登大道。金斯堡埋頭寫作的市場街。波特萊爾厭惡至極的老城區。在這裡那裡想起年少時看過的書，以及它們在書架上的位置。讀那些書的時候從沒想過有天會到這些地方，沒想過這些地方原來是這個模樣，儘管我所到的也不是書裡的那些地方。那些書在十多年頻繁的搬遷中四散各地，或許賣了，或許沒有，其中許多我連一行字都想不起來。

然後有天意外闖進前南斯拉夫小城一座炸成廢墟的公寓大樓，牆變成窗，窗子則失去形狀，窟窿連著窟窿，如此二十多年經過。我連電視上播報戰爭的印象都沒有，卻不知道為什麼曾經那麼想見證一場戰爭。其中一個窟窿且還看得出曾是個孩子的房間，一張書桌留在角落，上面覆滿了鋼筋磚瓦的碎片。我看著那張書桌正中央的抽屜，揣想著抽屜裡可能會有的東西，不知道要不要打開，一邊猶豫一邊恍惚地想起來，自己還一路帶著那個不存在的抽屜。

長腳的日子

一整個月都在做關於過去的夢。

大多細節在夢裡就忘了，只記得遇見許多曾經默默在心裡說過再也不見的臉，走過許多離開的時候滿心歡喜並且許願永不回來的地方。所有的夢都情緒強烈，像飽脹的氣球滾沸的水，醒來的時候非常疲憊，睡了像是沒睡。我懷疑是因為最近又開始酗咖啡，大腦儘管願意入眠卻仍無法自抑地亢奮不已，暗夜裡的網站主機那樣不懈地造夢。但夜晚畢竟是睡過了，白天沒藉口夢遊，只能硬著頭皮再沖一杯咖啡。煮咖啡的時候瞥見熱水壺裡飄著一粒暗色雜質，伸手去撈，卻發現只是陰影裡的泡泡，我一碰就消失了。

一定是因為咖啡的緣故。夢裡的場景都發生在我最依賴咖啡的那段期間，一天兩杯、三杯，用從陰暗地下室福利社買來的雜牌二合一咖啡粉沖泡，再加一瓶便利商店配餐優惠的便宜罐裝咖啡，讓倦意保持清醒，清醒地知道身體很累。隨便靠在哪裡都能睡著，於是小心地不和世界有太多觸碰，走起路像一隻水黽輕巧拂過水面，看起來疏離，倒也沒有真正離開。洶湧又漫長的日子就這麼過了，回頭看宛如一場無聲的沙塵暴，雜亂堆積的記憶岩層被咖啡因浸透，固定出各式標本片段，在多年後的夢裡兀自拼湊，露出近似琥珀的光澤。

偏偏醒來就散了。記憶和夢境一起變得脆弱而可疑，只有睏倦數年如一日地存留下來，幾乎要是詛咒。

某天做的夢意外清晰，夢裡我騎著機車在長長的公路上前行，嘴巴在某種張力驅使下不自主地打開。我用盡全力想將牙齒咬緊，卻抵不過關節深處發出的巨大蠻力。我的車越騎越快，下巴被來回拉扯而喀拉喀拉作響，終於承受不住，啪一聲碎成片段。我記得斷掉的一瞬間我甚至有「怎麼可能斷掉啊會不會是在做夢」的念頭，然而劇烈的痛覺如此真實，逼得我立即托起下巴往一間破舊的醫院衝去。急診室的醫生姍姍來遲，一臉無所謂的散漫。我說我很痛，他說喔。我說我幾個月來一直壓力很大，他說喔。我說血一直流我很害怕，他說這樣啊，一邊在病歷紙上草草寫了幾個不像字的字。捧著自己破碎的臉，我忽然生氣了，從椅子上跳起來竭盡全力地對他大吼：你不要隨便騙我，我學過這個的，我知道這要拍X光要手術我還知道手術要怎麼做，你根本不尊重我的痛苦……

我學過這個的。我學過這個的。夢裡的我氣憤地不斷重複，直到醒在亮晃晃的房間裡，右臉頰深處彷彿還在隱隱作痛。

接下來幾天我時不時就揉揉右邊臉頰，掂量這個夢的含意。聽說這個世紀已經很少人研究夢了，在小說或劇本裡提到夢更是老套。如果書寫夢境是靈感枯竭最後的退路，那麼像我這樣，一直回到相似的夢裡，是不是暗示了生活正陷入退無可退的僵局？我想起剛開始和外界失去聯繫的時候，已經畢業回到南方的朋友打電話來，語氣感傷又帶點掩不住的雀躍，說分手後連著幾天都夢見和前戀人分別，但人們總說夢和現實相反，問我是不是那人就要回來。完全沒有關係的，電話裡我很冷酷地回答，做夢不過是一系列紊亂的腦波流動。喔。她聽起來非常失望，然後她開始哭。我一邊聽她哭一邊感到哀傷，什麼時候自己竟然變成這樣沒有感情，也沒有想像的人了。

而且也沒有未來。每天都在洞穴裡前行，每天都有人告訴我，前方還有更多的東西。我總是假裝充滿期待，假裝足夠上進，讀許多不明究理的原文書，在許多不完全明白的問題下面，寫不完全明白的答案。跌跌絆絆也要繼續向前，盡可能不脫隊，然而沿途風景對我來說都只是光裸乾枯的岩壁不斷重複而已。洞穴外的人偶爾傳訊息來，問我過得如何我說我不知道，我不知道我看過什麼，還能看到什麼。更早的時候，一個星期有兩次固定會從洞穴裡出來，搭搖搖晃晃的公車過河，上山，到盆地邊緣教一個十多歲的女孩算術。女孩眼睛還十分透亮，離開複雜的數字等式便閃閃發光，談到未來的時候激動地抓著我的手臂，說想走到很遠很遠的地方，帶回從來沒有人看過的風景。

我也是啊，我吶吶地說。

後來我就放棄了。把自己和洞穴外的人事切得乾乾淨淨，未來跟前進的關聯也切得乾乾淨淨。其實一點都不難。買很少的書，看更少的書，很少接起電話，很少寫字，把自己掏得很空，像喪氣的輪胎一瞬間乾癟下來，也不覺得痛。死心塌地地去愛不愛的人，甚至沒想過會再離開。

人生就這樣了。某個新年的前幾分鐘，遠方煙火剛剛結束，我打開電腦輸入這幾個字，又回頭去背第二天要考的免疫學。各種抗原編號拉拉雜雜串成一堆，毫無邏輯，像背一條達利畫裡街道的門牌號碼，不讓我病，也不讓我迷路。考完試我突然昏了過去，在救護車上清醒過來，腦袋裡的所有號碼都忘得徹底，一時非常害怕自己回不了家。

那時我住在一間潮濕宿舍裡，床位靠窗。那是扇各種意義上都不像窗子的窗，窄小，被鐵柵欄包圍，霧面玻璃，印象中從來沒有任何陽光從外面透進來。房間很擠，室友都唸書唸得很勤，我常常感覺呼吸困難，把身體盡可能地往房間的底端靠，靠到了窗子上，用手指往縫隙去探，連一點風也感覺不到。連海都拒絕我。我想到普拉絲在電影裡曾經這樣說。她走到海裡去，努力想讓自己消失，卻被浪頭推回岸上。我在窗邊想了很久，想不起任何一句普拉絲的詩，意外的是也不特別因此感到絕望。

日子總是在過的，且過的也只是最平凡的那種生活，蒙著臉忙忙碌碌，最後什麼事都沒有完成，喝很多咖啡，極少做夢。幾個深夜忽然醒來，聽見自己正在磨牙，低沉而扭曲的聲音，像空蕩房間裡來回擺動的門，又像有人在掩著臉哭，隔天早晨摸摸半邊痠痛的臉頰，感覺有一道淚痕像疤那樣經過。

日子是怎麼過的呢？後來我嘗試跟許多不同的人解釋，卻如何也說不好。大多時間我待在日治時期建造的醫院最角落那棟樓，天花板掛滿錯綜複雜的灰暗管線，二樓走廊的日光燈經常壞得一閃一閃，三樓冰櫃擺了滿牆，一過午夜馬達一齊隆隆作響彷彿裡頭有人正拍門呼救，越描述越像一部鬼片。

實驗室外的長廊的確拍過鬼片。剛入學時學長們半真半假的玩笑話，幾年之後漸成現實。鬼不嚇人，鬼吃時間。中午踏進實驗室，再出來已是晚上十點，十二點，凌晨兩點，埋頭做一副又一副模型，石膏的，蠟的，金屬的，聚酯的，練習用的，考試的，給病人的，用刀刻，用手捏，用電鑽鑽，用火燒。生活就是不斷的複製，複製，複製。

模型自然都是假的，然而本質上越虛假的，越要想方設法逼真，儘管所有求真的心注定都是徒勞。什麼又是徒勞？我一邊磨亮假人嘴巴裡的模型，一邊悶悶地想。假人有了牙齒以後就有些真，看著便親密起來。對桌的男同學習慣和假人煞有介事地說話：躺下囉，漱口囉，試新假牙囉。實驗室裡一班人笑得不可開交，我跟著笑，心裡的洞越笑越大，感覺自己正往下掉。

我重述這個場景的時候幾乎沒有人笑。他們殷殷地看著我，等待更往下的情節，我不確定他們所理解的，是不是我腦中看到的世界。我說神經，是兩公分牙根裡迷走交錯的大小纖細管道，要捏著一根軟針摸象般去掏；我說假牙，有螺絲一樣深深嵌進骨頭裡的，有義肢一樣可以拆卸偽裝的，有彷彿俄羅斯娃娃疊套起來以為都是假的，可其實裡面還留有真的；我說洞穴，是二十歲掉入一個蟲洞出來已經二十四歲，理性，冷靜，笑起來空空蕩蕩，長成自己幾乎認不得的樣子。他們問：還有嗎？

沒有了。大多地方再也不曾回去，醫院裡遇見的大多人再也不曾說過話。畢業了離開城市中心，逃到捷運的最末站工作，然後又辭了工作，買下一張到地球另一端的單程機票。出發前一晚把幾年來的課堂筆記分好幾趟拉到巷口丟掉，狼狽、心虛而且決絕。最後一次轉身，留下大疊大疊在路燈下慘白發光紙張的時候，想起多年前離開那個座椅擁擠，中間的人若要離席，旁邊五、六個人便要跟著起身的長桌講堂，我一邊交出試卷，逃向門口，一邊輕聲地和站起來的人一遍遍說著對不起，對不起，對不起，好像自己不應該出現在這裡。

倒也還沒去到很遠的地方，只勉強遠得可以收拾好情緒，回頭靜靜看一場沙塵暴。看久了，沙塵下的風景進到夢裡，終於慢慢剝落出意義來，那麼真，又那麼不實，彷彿那年坐在假人身邊的我，想著徒勞的問題，不覺就做了滿桌的模型，像遊行，又像行軍，遠看非常相似，分不清其中究竟有多少不情願，又有多少裝模作樣的真心。我在某一個以為會被遺忘的夢裡，端詳著那些模型，直到牠們都長出腳，要往不同的地方走去。想像牠們會跑到很遠的地方，複製自己，竟感覺十分喜歡。生活就是不斷的複製，複製，複製。我醒過來，站在洞口，看到洞穴裡許多日子閃著微光來回在走，走得我心上的疤微微地、快樂地，像終於要長出另一個身體那樣發疼起來。

頂樓

那天晚上看的是《偷天鋼索人》，法國高空走索人菲利浦・珀蒂的紀錄片。一九七四年八月七日早晨他登上當時全世界最高的紐約世貿大樓，手持一支平衡桿在四百一十一公尺高的空中來回走了八趟，沒有任何防護措施。在那空前絕後的四十五分鐘裡他步態優雅，或走或坐，甚至一度還躺著假寐起來，一隻腳垂在半空前後晃盪。從地面看上去，連接兩棟高樓的鋼索被陽光稀釋得很淡，他的身體像飄在空中，美得不似真實。片子一開頭他說，十九歲那年他在報紙上看到大樓修建中的圖片，瞬間就知道自己一定要爬上去。當年的他興奮得不顧牙齒劇痛衝出牙醫診所，展開整整六年的籌備，六十歲的他談起回憶眼睛依舊閃爍發光。那樣莫名所以靈光一閃的堅持一輩子只有一次，一次就是一輩子。

我腦子忽然像是哪裡被撬了一下，想轉過身跟T說，我懂他，我懂，關於爬到頂端的念頭我也曾經懂得那麼一點，話正要出口才想起自己已經很久沒上頂樓了。

又或者是，很久沒想上頂樓了。

倒也沒發生什麼劇烈的轉折。畢業、工作、辭職、搬遷，應該翻天覆地的也都跟著同輩人一起恍恍惚惚地過了。那過程更像是小學過了暑假不再同班的玩伴漸行漸遠漸不識，苦心收集多年的尪仔標遊戲王卡慢慢不感興趣某天終於決定全數丟掉，喧鬧一時的個版在黑不見底的PTT上冷冷清清像一個個死寂的星系，或者過了一定歲數再也不期待生日甚至惡意遺忘日期。欲望慢慢腐朽慢慢凋零，日子這樣淡薄人這樣老，夢做得太久一覺醒來卻是什麼都不想掙了。

於是像分手隔天晨起刷牙時不意瞥見眼角淚痕，極偶爾的時候也才這樣想起來，啊原來自己是燃燒過的人。

——

我曾經是愛上頂樓的人。最早的頂樓記憶在五歲，全家從山裡搬到小城一座新建的公寓，電梯直上十二樓，再爬一段積塵的階梯，推開一扇厚實的鐵門便是一片寬廣的平台。九〇年代初的嘉南平原城鎮正要衰落，鄉間正要長遊客，十三樓高的角度看下去一片安安靜靜的朦朧，如今回想起來倒像是處在什麼關鍵時代的十字路口，再久一些就可以看出人車流動遷徙的端倪。公寓的位置也有趣，正好處在城鎮的邊緣，省道和鐵路就在兩側，東西南北分得清清楚楚。第一次上頂樓那天父親一項項數：舊家在那裡，山在那裡，海在太陽那邊，學校在這裡，車站在這裡，超市在這裡。我應應聲算是記住了——在山裡長大，卻是到了城鎮才明白登高的道理。需要看清的不是細節，而是方向與來歷。

彼時住公寓的都是剛成家不久的年輕夫妻，初初存了點錢，趁小孩入學前先占好城裡的戶籍，一家人屈居在二十坪大的空間，多少帶著點過渡的意味，鄰居間見面的話題除了小孩教育就是存錢買透天。窄仄的日子裡空曠的頂樓像是唯一奢侈的出口，曬衣曬棉被快乾，夏日乘涼中秋烤肉也方便，有年不知誰家弄來一組天文望遠鏡，幾個孩子你推我擠地觀星，看了什麼倒也忘了，只記得眼睛移開灰暗的鏡頭後，發現眼前一片燦亮的光影似乎更令人著迷。

我總是這樣畫錯了重點，有時也樂此不疲。公寓裡的鄰居一家家搬走，我固守我的頂樓。衰落中的城鎮像是個安好甜美的牢，再怎麼搬也搬不出頂樓的視野。十多年過去，我家頂樓依舊是整座城鎮的頂樓，公路、鐵道無一改變。有時往山那邊看去，還以為是初搬來的那天，除了頂樓因為住戶稀少而越來越荒涼，曬的衣被越來越顯老，再後來就連衣被也沒有了。

後來才知道會上頂樓的人本來就少，不是太閒就是太憂鬱，而高中生兩者兼有。十幾歲那幾年特別愛待頂樓，帶著我看清你們你們看不清我的傲氣，迎著陽光躲藏得坦坦蕩蕩，孤僻得理所當然。在頂樓的時候也不特別想看什麼，因為想看的東西永遠在地平線之外。大多時候只是在離牆稍遠的地方閒坐，有時還暗暗期待有人來找，當然從來沒有，只好安慰自己是真正自由了。

——

而今回想起來，那的確是自己最接近自由、在頂樓看得最清楚的時刻了。也許是在頂樓待得太久，看得太遠，後來也就搬到太遠的地方。南部小城鎮樓越高越窘迫，臺北卻是樓越高越值錢，剛到臺北時常有溺斃之感，不只為人也為樓。走在路上每張臉看起來都在漂浮，沒有自己的樓，也沒有自己的頂樓。進大城市第一課就是人沒有傲慢的餘地，該走時走，該匍匐時匍匐。

就連上頂樓也沒有傲慢的餘地。每座大城市的頂樓都出現在旅遊手冊的最前頁，能上多高，票價多少，開放到什麼時候，電梯速度多快，各種資訊一目瞭然。沒上過城市的頂樓就不算到過一座城市，我也曾是如此堅信的人，巴黎鐵塔芝加哥威利斯大廈首爾塔柏林電視塔，繞著玻璃窗循著指標邊走邊看，霧裡夜裡試圖分辨方向，好像就多懂了什麼。日後有人談起城市裡某區某地，就算沒親身到過也能說噢我知道在某某的隔壁，像是談論久未見面友人的一條臉書貼文，準確又生疏。

唯獨一〇一沒上去過。在臺北的前幾年一直住得很低，潮濕的環境裡待久了也就學會閉起肺呼吸。高樓林立的街上頂樓像是不存在，沒人往上看，抬頭也不一定看得見，有時是霧，有時是霾，像早期粗顆粒的黑白電影，連帶背景聲音也單調而模糊。如果當時真有人站在頂樓，又會看到什麼光景呢？溫德斯《慾望之翼》海報上那個天使站在大樓邊緣往下看的鏡頭，原本應該是溫暖凝視的畫面，我怎麼看都像悲絕的回眸。

擾攘的那年我又搬回車站附近的醫院頂樓，二十一樓的高度，往東北一帶看去竟也算是城市中心的頂樓了。作為醫護人員的宿舍，頂樓二十四小時中央空調全開，出入須通過兩道厚重鐵門，無夏無冬，無聲無塵，加上環形的走道設計與大片落地窗，有時倒更像身處漂浮在重力之外的太空艙。住頂樓的人都忙，我每天早上七點出門，晚上十點到凌晨兩點之間回來，連同寢的室友都很少見面，與世界的聯結彷彿就剩下出入門時往窗外的一瞥。是陰是晴也看不大懂，總之確認自己還在。

就算沒有厚重玻璃隔音，大樓附近也向來安靜，黑頭車來來去去，圍牆裡的建築總是不見人影。七月左右，馬路上的人開始多起來，然後是八月，十一月，千人，萬人，二十萬人，而一切自然與頂樓無涉。我出門前人群正要來，回來時人群已經散去，日復一日平靜安然。凌晨兩點固定有人會開低低的聲音看重播新聞，十公尺外的事件安靜地喧嘩，遙遠得像另一個次元。

然後就跨了年來到三月，某天一覺醒來，窗外竟然真的不一樣了。低矮的屋頂上有人走動，有攝影機，有布條，人群占據了一條街、兩條街，像一條固執的防線有時向前推進，有時抵擋。一天，兩天，三天。

幾天後的晚上我剛好回來得早，電梯一路往下，出了門就看到對街滿溢著來來往往的憤怒，不知怎地竟讓我聯想到剛剛幫忙換藥的病人傷口，癌症末期，組織潰爛的膿水從臉頰深處瘋狂地往上冒，我們用厚厚的紗布敷著，濕了換換了濕，擋住哪裡好像都無濟於事。人群一會兒往左，一會兒往右，接近午夜的時候有人翻過圍牆說快往裡面走，有人說警察就在街角，有人說這裡安全，有人說後面危險，更多人恍恍惚惚地不知道該相信誰。

下半夜警察果然來了，雨傘棍棒飛舞，水柱撒過一條又一條街。天大亮的時候我回到頂樓，像從黑洞海嘯逃回太空船，時間與感知都出現了嚴重的斷裂。窗外初升的陽光與緩慢移動的人車、樓房、城市仍在，安穩得近乎殘忍。我不知道自己究竟看到了什麼。

什麼都清楚。什麼都模糊。

—

而珀蒂站在一百零四樓的那四十五分鐘裡又看到了什麼呢？影片裡他說得朦朧，只看到一張張絕美的黑白照片在螢幕上跳躍。後來他沒再上過那麼高的頂樓，那個八月的早晨對他而言，也是絕響。二十五歲後的人生快轉，不知不覺就已經不在頂樓。

又或者是，再也回不去頂樓。

登上頂樓前的過程，珀蒂倒是記得十分清楚。籌備的六年間，他和幾個朋友一次次建模型、畫草圖，在院子裡架起等長的鋼索，模擬高空強風可能造成的晃動一遍遍練習。他們甚至在最後幾個月飛到紐約，偽造識別證登上修建中的頂樓，以取得最準確的建築數據。瘋狂夢想成真後，珀蒂成了英雄走下高樓，在群眾歡呼下接受警方盤查。幾個小時後他走出警察局，彷彿就忘了等在樓底的多年女友和同伴，一路走進一個主動獻身陌生女子的房間。

我走下頂樓，悵然若失，像一個徹底燃燒過的人。

山牢

旅行路上，我總害怕初初醒來的早晨。在那個感官緩緩恢復知覺，眼睛尚未睜開，時間因意識朦朧而失重的時刻裡，我的身體蜷曲如一隻新生的幼獸，水裡撿一粒沙一樣極力拼湊周圍聲音、溫度和氣味的碎片，建構出我應該要存在的位置。在極少的日子裡，那個想像中的位置會讓我感到安全。那安全感裡往往有濕黏又帶點涼意的空氣、摻雜淡淡線香煙味的青草氣息、不知名蚊蟲震動翅膀的微聲，以及樹葉與樹葉之間更加細微的窸窣摩擦。有一瞬間我會感覺自己回到了承載我整段幼年時光的山裡，然後在下一個瞬間，睜開眼睛，離開錯覺，醒在完全陌生的地方。

而我已經在外旅行了二十多年。足跡走得越遠，我口中永以為家的那片山的面貌就愈加模糊，起先是關子嶺，後來是臺南的山，再後來就只是「我是山裡長大的小孩」一行句子裡聽起來什麼都是，什麼也不是的山。有時我不服氣，刻意鉅細靡遺地描述了山裡帶泥的溫泉、傍山而建的百年寺廟，還有池子裡終年不熄的火焰。常常講完之後怏怏地想，其實那片山真正特別的也不是這些。

在山裡生長的孩子，似乎大多注定要有出走的命運，我眼裡特別的那片山也沒能成為例外。住在山裡的那幾年，村裡鄰居一家跟著一家搬到山下的城市，像接受來自遠方的點名，從此失去形影。幼年的我曾經因此感到非常困惑。我以為山的名字是關起來的意思。山裡沒有書店，沒有百貨公司，沒有電影院，沒有形形色色的洋式餐廳，也沒有像樣的診所或醫院，但所有人都一起安居在一個甜美的牢裡。許多年後我的困惑有了解答：牢並不是山本身，牢在我心裡。我一直未能去到一個能讓我感到同等安心的地方。

我不知道其他離開山裡的人，是否也和我一樣，一輩子揹著一座牢的重量生活。牢裡有時裝的是想念，有時是愧疚，有時是幻影。在大多數的時間裡，牢輕盈得幾乎不存在，就像那個再平凡不過的夏日早晨，山裡蟬鳴還未甦醒，巷口雜貨店斑駁的鐵捲門才拉開了一半，我們一家收拾簡單的衣物上車，深海裡一隻水母一樣帶著透明的睡意，毫無聲息地滑上了下山的路。五歲的我看著山漸漸縮小成後車窗外遠方的一道暗影，知道自己正在離開，卻還未能真正理解告別的意義。那時山裡滿是細小的黑蚊，停在身上全無知覺，宛如一顆顆吸血的痣，所有孩子小腿上終年都是紅腫的咬痕和抓傷的疤。我以為那些黑蚊會跟著我去到城市，繼續供養我腳上的胎記，等到某天回神凝視，才發現皮膚上一點痕跡也沒留下。胎記褪去，我到底變成了另一個人。

或許便是從那個時刻開始，生活成了一連串既視感的延續，一個鐵環套進一個鐵環，拉著我無可選擇地經過許多城市，錯過許多人，失去許多絢麗的夢，然後在偶爾照鏡子的時候，分不清告別的究竟是地方，是人事，是時間，還是一點一點變得更加陌生的自己。

然後牢就忽然顯得沉重起來。在充滿異國語言的街頭，在城市邊陲的獨居窄小陰暗套房，在我遊蕩如一隻失語的鬼的嘈雜聚會裡，關於山的記憶倏地籠罩下來如一場大霧。我知道霧裡有明亮的樹林、安靜的日出、各家後院滿地亂走的雞群、尚未染上酒癮的祖父、仍記得我名字的祖母、花大把時間在門口閒坐的榮民伯伯、每天下午總在路上奔跑不知所往的鄰居孩童，只是所有畫面都淡薄得像是曝光過度的照片，泡在顯影劑裡，露出無力的表情。我看見我不同時期的臉疊在它們上面，每張臉都感覺彷彿要溺水，很艱難地試圖開口問一個問題：

這片山是否早已知道我將去到這些地方，過上這樣的人生？

我也曾經將這個問題帶回山裡。幾年前的一個夏天，從乾旱的非洲大陸流轉過四班飛機、兩列火車、三趟公車，曲曲折折地找回上山的路。那天下午的天氣非常平淡，恰好的陽光恰好的雲恰好的濕度，很輕易就能偽裝成記憶裡的樣子。山也隱約還是同樣的山，只是山路兩旁無性生殖般地長出了數不盡的桶仔雞招牌，以及色彩豔麗的旅遊巴士。我在山裡來來回回急切地走，表情一定看起來十分恍惚，因為同行的人忍不住問，妳在找什麼？

我不知道怎麼回答這個比我的問題更形而上的問題。一個外表乾淨的小孩從我身旁走過，兩隻細瘦的腳曬成均勻的褐色，上面沒有痣一樣的小黑蚊，也沒有腫包和疤痕，光滑得像一張不懂得記恨的白紙。我忽然意識到，我那些在大霧裡顯影的記憶裡，從來不曾出現自己在山裡的身影。那個應該永遠安居在甜美的牢裡的我，無傷無痛，甚至還沒學會怎麼用難過的聲音，在無人看到的地方低低地哭。

那一瞬間一個威爾士語的詞閃過腦袋，意思是對於不存在事物的鄉愁。我不知道要怎麼對山解釋這些，困在語言的牢籠裡，感到十分羞愧。

山沒有回答。我又揹起沉重的牢，下山，去了更遠的地方。

過境

在回家的路上。

至少我是這樣對其他人說的。住在樓上答應要來為盆栽澆水的房東。電腦另一頭從沒見過面以一行電子信箱地址姿態存在的同事。兩杯啤酒就耗盡所有話題的約會對象。送我搭地鐵時無法置信我的行李只有一個後背包的朋友。塑膠隔板後面一株溫室植物一樣百無聊賴的海關人員。機場候機室裡看到我電腦上政治口號貼紙前來搭話的陌生人。二〇二二年末尾，一場誰都沒料到的瘟疫野火般來回燒遍了全球，過了兩年多又野火般地突然止息在一片經濟焦土裡，要去任何地方都不過分，更何況是地球另一端一度以為永遠回不去的家。沒有人問我要去多久。面對一趟不需要解釋的旅行他們露出比我還興奮的眼神：快三年沒回家，妳一定有很多人要見。

我其實沒什麼要見的人。但我不知道怎麼坦承，也不知道怎麼解釋在這樣全世界活在一張網裡的時代，旅居異國為什麼到我身上就成了一趟與家鄉幾乎斷絕所有音信的奧德賽式漫遊。在方位全失的浪裡度日，遺失東西幾乎是必然的事。幾年間我弄丟了多個電話號碼和社群帳號，手機裡的聯絡人刷新了一輪又一輪，別人傳來的訊息是死去的水怪，無論存不存在都直接毫無聲息地沉進海裡。許多時候我因此錯覺正活著另一個人的人生，反覆掂量佛書《大智度論》裡的詰問——兩隻鬼不滿意一個人的回答，生氣起來，把他全身上下所有部位都和一具屍體對調了，然後吃了橫躺在地上的身體。看著自己被一點一點吃得精光，那人於是迷惑起來：我的身體還在嗎？我還是人嗎？

但那不是我真正的疑問。幾次不經意說溜嘴，也曾真心地講過「對許多人來說我跟死人沒有差別」，弄得對方一陣尷尬。我最想知道的是，我究竟答錯了鬼的哪一個問題，才過上這樣逃緝似的生活，工作、國家、名字、語言換得乾乾淨淨，一而再再而三地被日常裡簡單的詞語絆住。再見。明天。回家。再見極可能是再也不見。明天不知道會不會醒來。回家不知道該回哪裡。然而這些拖著長長記憶影子的情緒自己細究起來殘忍，向他人攤開又不只多餘，而且無謂。於是我什麼也沒想，什麼也沒說，帶著一個很輕的背包，出門，搭地鐵，轉火車，進機場，到伊斯坦堡，出機場，上巴士從城市的東邊跨到西邊，亞洲跨回歐洲，再進另一個機場，上飛機，吞安眠藥，總共二十多小時之後終於落地桃園，混進人群等捷運時忽然覺得很渴，習慣性地從背包裡拿出水要喝，一個聲音從看不見的大聲公裡摩西開紅海般地傳來：那邊的小姐捷運站內禁止喝水。

幾個陌生的目光打在我身上。我想過趕不上轉機的飛機，想過一落地聽到熟悉的人聲立即決定搬回來住，想過一個人悄悄到市區吃一盤蘿蔔糕加蛋便誰都不打擾地改機票離開，沒想到是這樣手足無措的抵達。眼光都散去之後，那聲音還在我耳邊迴盪，聽起來像在說：看哪這個連家都忘了的女子。為了阻止那句話跟上來，我只好反手把水瓶丟了，跟著人群上車，讓舌頭繼續乾得無從擺放，像一個應得的懲罰。

——在回家的路上。

還不知道要不要回臺南的家，於是先去了臺北。秋天的臺北依然多雨，只是我忘了。出捷運站後淋濕了半個背包，只好折回地下街買傘。結帳的時候店員制式性地問，發票載具需要嗎。發票我不需要，但載具是什麼意思？一台拼裝的木板馬車可以立刻把我帶離不屬於我的地方？那個詞比任何一個我辨識不出的外語單字更令我沮喪，但偏偏與這個對話最無關的情緒就是沮喪。我沉默得太久，店員的眼裡已經開始露出疑惑。我要發票，我說。那張發票且還是我熟悉的大小，能讓我反射性地用熟練的手勢摺了又摺，放進口袋最深的地方。

無知是不能讓人看到的。到臺北上大學的第一年，每天都這樣提醒自己。捷運站裡不能喝水，電扶梯要靠右站。河岸留言女巫店地下社會唐山光點的位置必須記牢。如果有人提到沒聽過的作家和導演名字，得暗暗記下發音回去上網找。混沌初始的〇〇年代，在南邊平原的高中裡聽到關於臺北的故事，都像聽一則神話。臺北的學生會背英文字典。臺北人走路很快。臺北流行這樣的衣服那樣的髮型。我被這樣傳奇的城市像科幻電影裡的飛行器一樣機械地吞進去，過了七年又完整地吐出來，感覺最接近臺北的時刻也不過某天在路上被一個看起來很臺北人的年輕女生攔下來填問卷：妳是臺北人吧？

剩下的不過是任何城市裡都有的生活，而且是極黑極黑的，夜裡的生活。七年後的夜裡我回到臺北，住進車站附近一個位於地下室的青年旅館，監獄般沉厚的鐵門重重關上之後，沒有窗戶的狹窄房間縮得更小，逼我承認這就是我在這座城市的全部了。侷促。低微。永恆受困的憂傷和孤獨。在地球另一端那個大多數人沒聽過臺北的城市，全知的演算法仍時不時向我推薦關於臺北的影片，寂寞的時候也點開來看，大多是與戰爭預警相關、旁白聲線事不關己得令人惱火的報導。也有社會側寫。一支紀錄短片拍了一對長住在青年旅館的年輕情侶，房間格局和我所在的地下空間相差無幾。他們擠在床上曬衣，看跨年煙火，說實際又不著邊際的話，談到未來的時候異口同聲說要去看極光。影片下方有人留言有夢最美，有人冷眼說天真離地。都住到地底了，還能更離地嗎？我忍不住挑眉。但我根本沒有評論的資格。離開城市浦島太郎般燦爛熱鬧地遊逛了那麼大一圈，我又恍若隔世地回到原地。

而且還是自己要的。在遠方寂寞的時候也想往事，一次翻到考大學那年大一屆學長姐BBS看板上的貼文，寫著我因為繁星計畫成為當年系上第一個錄取生的消息。十多年之後才讀到已經被所有人遺忘、提到我名字的文字的感覺非常詭異，好像在看關於上輩子的籤詩，一邊心如止水，一邊淋漓地意識到一輩子的人生已經遠去。推文裡幾個即將晉升學長的帳號因為我再也無法理解的緣由興奮莫名，其中間雜一個後來幾年裡極少說過話、ＩＤ卻不知道為什麼在我記憶裡頑固生根的學姊留言：繁星名額給這個高中的學生，太浪費了吧。

確實是被我狠狠浪費了。儘管我不知道要對誰感到抱歉。大學六年裡學過的東西除了點打火機，沒有任何剩餘。於是我成為那個剩餘，和這座城市裡曾被我嫌惡的剩餘之人一樣，懷著愧疚的心情，躲到百貨公司後門的騎樓，頂著穿堂風頑固地點一支菸。一邊磕磕絆絆地打火，一邊想起還在兩個街口外那間醫院工作的時候，休息出入都要經過一個十分凋敝的遮雨棚通道。那樣的凋敝像一面無人聞問的白牆一樣不帶感情，任由疲憊久病的人來來去去。那時我正在病房實習，照顧的病人嘴裡都有一個癌細胞長出的大洞，幾乎無一例外地拖著長長的菸齡。病房裡我們完全不需要學習就能像一個主治醫生一樣威嚴地一再對病人訓誡那個所有人都知道的事情：不要抽菸，不要抽菸，不要抽菸。出院後當然有人還是繼續抽了，然後帶著更大的洞回來。其中一個病歷上滿是手術紀錄，整個下巴都不見了。一天晚上我打開逃生門走進通道，看到他帶著點滴，鼻胃管披在肩上，一個人站在遮雨棚的角落，將一根菸慢慢送進他近乎失去開闔能力的嘴裡，再十分費力地吐出白白的無辜的煙。也許是凋敝背景的緣故，那支菸的燃燒看起來有些魅惑，又有些淒涼，像金紙投火。我站在原地呆看了一陣，才想起來正趕著去便利商店買晚餐，經過的時候和他對看了一眼，什麼也沒說。我們都知道他很快就要死了。

我感覺他是唯一可能會原諒我的人。後來幾次心裡的獸病起來，在陽台點菸，猶豫該不該現在就往下跳的時候都想起他當時看我的眼神。對不起，來不及跟你一起抽一根菸。說完之後感覺自己是鬼。

——

母親自然不知道我抽菸。出國第一年她以為我只是放個假，很快就會回到原來的工作裡，偶爾對我在遠方的生活仍抱有一點不帶情緒的好奇。一次電話裡她忽然問：妳沒有抽菸吧？我說當然沒有，還提醒她那個問題對我的學位多麼侮辱，像數學系的學生連一加一都答錯。母親喜歡我的學位，很滿意地相信了。

我難得沒對她說謊。菸是疫情期間才一個人悶悶抽起來的。那時候母親沒再問過這個問題。瘟疫在歐洲竄起後幾個月，她許多年累積的不理解、失望和怨懟一併爆發出來，尖銳話語的頻率提到最高，成了人耳無能聽見的聲響，兩人遂不再交談。疫情平緩下來之後，剩下母親最後一句話迴盪在乾涸的對話框裡：妳就是個沒有家的人。

母親的一生只有家，於是那句話從她嘴裡說出來的意思更像是：妳不是人。母親從來就善於預言。帶著新的工作和名字，在新的國家漂泊，我徹底成了一艘忒修斯之船，偶爾有人起疑，便用新的語言神神祕祕地講述我原來名字的意思。有人說那是一條古時的巨型蜥蜴，有人說那是黃河流域上的第一個皇帝，奇蹟似地治好了洪水，為此三過家門而不入。不懂中文的對方總是聽得一愣一愣：好厲害的名字，但三過家門不入會不會太荒唐？

一點也不荒唐。離開臺北後我坐高鐵南下，經過嘉義，又經過了臺南，到高雄的時候終於想好了，忘了家的女子哪天回家的時候要跟母親說，除了我的名字，一切全都浪費了。

高雄是末站了。我被列車吐出來，在回家的路上，還得繼續走下去。

他城

忽然過了八年，他城依然沒有成為我城。

同時間搬來他城的人去了東京，去了里斯本，去了阿姆斯特丹，去了雪梨，幾年後爬藤植物似地長出新形狀的身體，紛紛成了東京人，里斯本人，阿姆斯特丹人，雪梨人，用新的穿衣風格和新的口音遠遠投來一個問句：妳為什麼還在布魯塞爾？

我不知道那個問題鉤子一樣垂吊著的本意是這個城市明顯不屬於我甚至任何人，還是我永遠都不會屬於這個城市。八年前我帶著要去巴黎的念頭，拿一張一年期簽證用中轉的心態搬來這裡，幾年後厭倦了繞圈繞得令人暈眩的法文，又想搬去柏林，最後由於房租工作簽證戀人等等事過境遷後不明究理的原因，哪裡也沒去，當然也沒成為什麼人。日復一日地把各地的詞彙攪混在一起說話，穿品牌標籤脫落的衣服，用全球連鎖店最便宜的家具款式，以一天內就可以打包完所有東西離開的姿態生活，偶爾仍做十多歲時到天涯流浪的夢，花過多時間思索空氣鳳梨失去了根是為了離開還是在原地生存下去這樣無關緊要的問題。

隨時都可以離開，為什麼還在？蕭沆會說這問題要反過來看——之所以還在，是因為隨時都可以離開。這當然必須是對的，我只是難以想像他從二十歲帶著自殺的念頭終究活到了八十四歲。關於搬遷和留下，離鄉背井的人似是而非的說法是，與城市的相處像談戀愛，有人一見鍾情之後艱難地發現無法共同生活，有人激烈地愛過又同樣激烈地恨過，不相信愛的用數字計較情感，最理想主義的那群人則注定要長久地浪遊。認真追究起來，我這一輩子幾乎不曾愛過，這一套邏輯放到我與他城的關係上顯得大而無當。但如果以愛情毫無道理和不可悔悟的本質來看，倒也能悖論式地圓出一個答案——當「為什麼」成為比徒勞本身更徒勞的詰問時，最誠實的說辭或許不是「為什麼不」，而是「不為什麼」。一邊回答，一邊且還能寬慰自己，生活裡有餘裕容下這樣唯心的問題，也不算過得最壞的了。

不算最壞，但也不是最好的。或許正因如此，來到他城的他者特別執著於問「為什麼來」，走密林小徑一樣需要用別人的腳印肯定自己的方向。稜角分明的城市不需要解釋。沒有人問為什麼去巴黎，為什麼去紐約，為什麼去倫敦。只有在有著巴黎的建築、紐約的車流、倫敦的天氣，什麼稜角都複製了一點以至於形狀鈍得接近圓弧的他城，關於來意的質疑才顯得立體起來。為了不被他人的問題困住，我總是先發制人，幾年下來也極少再聽到意料之外的回答。務實的為了工作或較低的學費，浪漫的為了戀人或一部電影，必須繞過難民法規取得庇護資格的則有一致的謊言：從地中海上岸後上了一台去向不明的車，十多個小時後下車才發現到了布魯塞爾。人生的妥協。人生的偶然。人生的不知所往。在他城相遇的人似乎都懂得那麼一點，交換過理解的眼神之後，也就很乾脆地分開了。在這座只有四分之一人口是本地人的城市裡，他者以相似的步態來來去去，因而長出了相似的面孔，相遇不值得驚喜，分開當然也不值得可惜。那樣毫無悵惘的分別總是令我安心，轉過身腳步輕盈地走了幾步，忽然想起剛到他城時看到那個驚人的統計數字，似乎曾經興奮地跟誰說，我覺得這座城市可以成為我城，語氣像初踏入職場的新人為辦公桌挑一株盆栽，以為只要盆栽挑對了，一切皆有可能，殊不知世界的秩序其實是盆栽挑人，而辦公桌挑盆栽。

和大多年輕時隨意許過的承諾一樣，那個情緒價值多過實際意義的宣示遲遲沒有發生，但也不令人意外。到了幾乎可以確定這輩子永遠不會在哪一家公司有一張自己的辦公桌的年紀，我甚至已經許久不買盆栽了。種不活的都死盡了，還活著的大概永遠也不會死。一次友人聽說我慘烈的植栽史，給了我一株空氣鳳梨，那叢無根的葉子看起來像一具無頭的身體，越看越令人害怕，第二天又被我急急還了回去。還的時候經過公寓樓層間一面鏡子，慌忙別過頭，不敢看見自己。

我於是無從得知更令人感傷的是在他城住了多年完全變了一個人，還是在他城住了多年一點也沒變。說到底，令我害怕的不是我沒有答案的問題，也不是未知的答案本身。反正薛丁格的箱子無論打不打開，打開後貓無論是活是死，他城都依舊是他城。為了要讓他城變成我城，我也曾努力讓自己看起來更不像他者，雨天不撐傘，二十度開始穿夏衣，從窗外街景判斷何時該下公車，用街區名字代替貧窮富有時尚破舊等形容詞，開政治人物的笑話，知道市中心幾十年前有條河被填平、某家咖啡館樓上是座停業的百年劇院、從哪條路上的入口可以翻進廢棄銀行大廈等等細碎軼事，記下無窮無盡的啤酒品牌和俚語像小學時吞紙一樣地背大學中庸，魏斯特馬勒歐爾瓦吟遊詩人山精的葡萄藤，大學之道在明明德安而後能慮慮而後能得；「也許不是」的意思是對，「對，毫無疑問」的意思是絕對不可能。薛丁格的箱子到我手裡成了氣球，所有的充填似乎只為了某天出門被一句話精準地戳破：妳是中國人還是韓國人？

擁有我城的人不需要回答問題，即使身在他城。他們從各自的我城運來多彩香料堆滿簡陋的廚房，在陽台上裝鍋蓋形狀的電視天線，吃我城的飯，看我城的節目，說我城的話，理所當然地造出小伊斯坦堡小馬拉喀什小大馬士革小溫州小金夏沙，像在家裡一樣將身體攤開來很暢快地笑。我不知道自己可以造什麼。我記不起曾經那樣暢快地笑過，甚至連煮飯的鍋蓋都常常弄丟。每天我從一個他者的我城遊逛到下一個他者的我城，讓來自各地的笑聲將我穿透，長久地受困在一個關於他城的謎團裡——布魯塞爾的地名來自古荷蘭語，意思是沼澤裡的定居點，但為什麼英語和法語的名字裡多了一個複數的s？

沒有人能回答。也沒有人在意。沒有人需要苦苦追索一個無用的謎底。那個所有人視而不見的複數像一個黑影跟著我，使我住到城市的反面，在週間的正午起床，下午兩點到超市買生活用品，深夜酗奶酒咖啡工作，晴天到陰冷的電影院看五十年前的電影，雨天搭電車直到無人的末站再原路搭回來，整個週末將自己反鎖在公寓裡，深夜酒杯開始在街頭摔碎的時候，縮在床上讀蕭沆玻璃一樣清冷尖銳的字。這是他者在他城的自由。路走岔之後，所有的歪斜都成了直行，無法引起任何側目。逆著人群做這些的時候我常常感覺自己是一隻烏龜，不知道什麼時候被人鄭重地拿起來，再倒著放下，於是我朝天揮舞四肢的時候，看起來就像在飛。

或許那個複數的存在，只是讓我感到安心。在他城孤獨到極致的時候有人跟我說，妳必須要用複數問問題。像二十一歲剛剛患上失眠的蕭沆用羅馬尼亞語問：會不會存在是我們的流亡，而虛無是我們的家？幾年後他搬到巴黎，用法語寫作，再也沒有回過羅馬尼亞鄉下那棟粉色的房子。

我也在蕭沆假想的主詞裡嗎？字詞一推敲起來，所有句子都成了虛無主義的雷區，一不小心就死在Windows 95藍天白雲的螢幕上。我在他城的一個聖誕夜裡想起那個古老的遊戲，想不起那台箱子一樣的電腦最後去了哪裡，只好披一件外套，到後院一邊發抖，一邊點一支菸。抽菸是為了消滅孤獨。幾個人曾在不同的時間空谷回音般地這樣向我說過。我始終不能確定那是因為燃燒的溫度，燃燒毀壞的本質，還是火光像信號終會有人在遙遠的地方珍惜地接收過去，但菸點燃之後，夜總是又更黑了一些。周圍十幾棟房子燈暗的融進夜裡，燈亮的盪出刀叉碰撞的聲音。樓上房東三個女兒都帶伴侶回了家，十幾個人圍著滿滿一桌的生蠔燉肉紅酒起司香檳，一個輕快的聲音滑過閃爍的聖誕燈飾，落在我的菸頭上：這味道跟奶奶做的一樣。

我不知道奶奶做的菜應該是什麼味道。我的奶奶一個死了超過半個世紀，一個在我出生前就中風失去了說話和行走能力。別人講起祖父母軟軟綿綿的回憶時，我盡可能用最不疏離的語氣說，我一直以為我的阿嬤是一株植物。阿嬤在我十二歲的時候死了，她的輪椅於是成了空蕩的花盆，在許多年之後承接我的菸灰。或許因為有東西在裡面疊積的緣故，那空蕩不帶任何遺憾與悲傷，就只是空空地等待，等到一切燃盡之後，他城的夜又將我吞沒。房東一家人繼續吃食、談笑，我站在色彩鮮豔的燈光之外，非常確定他們看不見我，就像我看不見我的我城一樣。

看不見的城市。在我書架上那本已經泛黃的書裡，虛構的馬可波羅對虛構的忽必烈說：「他鄉是一面負向的鏡子。旅人認出那微小的部分是屬於他的，卻發現那龐大的部分是他未曾擁有，也永遠不會擁有的。」

我完全忘了當初為什麼會挑這本書放進有限的包裹空間飄洋過海地帶到他城，也忘了是哪個年紀的自己，因為什麼樣的心有所感，在這句話旁邊用鉛筆畫了粗粗的波浪記號。那個波浪停滯的姿態極為固執，好像它承載的不只是一行警句，而是一個毫無轉圜餘地的事實，讓我在那個龐大得使人滄海一粟的晚上，忽然就可以為了那頓不屬於我的晚餐，不屬於我的節日與燈火，向看不見的人不帶妒忌地輕輕地說：看啊，我們之中是有人能幸福快樂的。

輯四

旁觀

對視那些眼睛，

　　像凝望光年之外的深淵。

旁觀他人之貧窮

剛搬到B城的前幾年，或許是因為我從膚色到穿著都十分明顯地格格不入，又或許是我眼神透露出的好奇和迷惑太過氾濫像一條初出家門的狗，走在路上不時會有陌生人上前搭話，問的多是「妳是中國人嗎」、「妳從哪裡來」、「妳要去哪裡」、「妳有時間喝一杯咖啡嗎」等等十分貧瘠的問題，對話兩三句結束之後很快就忘了。唯有一天上午，一個兩顆上門牙分得很開的男人把我攔下來，不知道為什麼像工作面試一樣，一年接一年填表格般鉅細靡遺地問了我的學經歷。我也許是被他不斷從牙縫間迸出的唾沫分了神，還沒來得及細想問題的用意便很誠實地說了。「之前是牙醫，然後現在在唸新聞。」他點點頭，自行幫我做了摘要，彷彿幾句話就比我更理解了我的人生，然後忽然睜大眼睛嚴肅地看著我：「妳想要拯救世界嗎？」

我心想做報導和拯救世界根本不是同一回事，但認真追究起來似乎也不能不是同一回事。還不知道怎麼回答，他又不留餘地地繼續說下去：「想要拯救世界的話，賺更多錢比較有用。」

我拎著一袋超市裡最低價牌子的各式乾貨，有種被識破的難堪，想起自己一路如何艱難地從一行跨到萬里重山外的另一行又十分不服氣，正要反駁，他已經像一個幼時卡通裡前來傳遞靈界消息的仙人角色一樣，幾個腳步就走遠了。

「妳想要拯救世界嗎？」坐在從肯亞鄉下前往首都奈洛比的共乘小巴上，忽然想起那個男人的問題，聲音像從功率沒對準的音響裡傳來，溢出刺耳的回音，我的身體於是顯得更加無從安放。十四人座的小巴在我上車以前就已滿載，整個上身掛在車門外、負責招客收錢的男人還是要我上車。與此同時，坐在座椅邊緣的乘客已經熟練地從腳邊掏出一根長短裁得剛好的木條，往雙人座和單人座中間一搭，就多了一個位置。過了十多分鐘，小巴一個急煞車搖搖晃晃停在荒蕪的公路邊，接起一個肩上扛了一個巨大塑膠編織袋的中年女人，整排座位又被平均地分成五個。後排乘客要下車的時候，我和那個中年女人就必須離開木條，站到車外，像多餘的人。然而被那樣多餘的念頭絆住的似乎只有我。中年女人一路面無表情地上車、下車，一句話也沒說。每次車子轉彎，她的半側大腿就退無可退地疊壓在我的大腿上，再安靜地回到原來的位置。

讓我感到侷促不安的其實不是這個擁擠的空間。恰恰相反。共乘小巴裡淡漠的親密感使我非常安心，滿足了我作為一個從第一世界來到第三世界的遊客不想被認出的虛妄願望。沒有筆直又空洞的眼神盯著我像要把我看穿，沒有人遠遠就朝我大喊白人中國人功夫ching chang chong，也沒有任何景象或對話提醒我的偽善和優越。我們付一樣微薄的車錢，在狂飆蛇行的小巴裡冒同樣一條命的險，盡最大力氣為其他人讓出座位，來來回回傳遞鈔票和找零，再看著其中一部分的錢塞進了公路警察手裡。貧窮的包容。貧窮的順從。貧窮的無可奈何。只有在小巴裡我才能暫時平等地感受這些。或許正因為這樣的默契，從來沒有任何同行乘客對我突兀的臉孔顯露過一點好奇。我們像一捆樹枝一樣隨機地被揀到一起，身體貼得再緊，下了車之後依然很乾脆地散落開來，彼此都不知道對方的故事，非常公平。就像那個中年女人。我不知道她如何一個人像從水裡浮起來似地出現在空曠的荒野上，在那樣很輕易就能散成一堆絲線卻意外堅固的袋子裡裝了什麼東西，穿著看起來磨耗得十分徹底的仿皮平底鞋要前往哪個地方。對於真正的貧窮我能理解的仍那麼少。但其實我最想問她的是，對於我要去基貝拉有什麼看法。

要去基貝拉讓我非常緊張。媒體給基貝拉的稱號是非洲最大的貧民窟。貧民窟顯然是個極為傲慢的用詞，但如果要我像心理分析一樣細緻地將自己的意圖拆解開來，正是貧民窟那三個字讓我動心想去基貝拉。要是我能坦然面對內在的黑暗面也就罷了，網路上多的是造訪基貝拉的導覽行程，放著一張張脖子上掛著單眼相機、衣著光鮮的白人列隊走過泥濘巷弄的照片，其中一個的簡介上寫：「參加者在導覽中得以體驗貧民窟居民的日常生活。」

儘管大多數導覽行程都聲稱活動非營利，且能提供當地居民就業機會，那些照片和用詞仍讓我很不舒服，然後更不舒服地發現「貧民窟旅遊（slum tourism）」這個活動早在上上個世紀就隨著貧民窟一起出現了。在

十九、二十世紀交際的紐約和舊金山，貧民窟旅遊一度在上流社會蔚為風尚，一群群遊客在保鑣和導遊的帶領下遊蕩過貧困地區的鴉片館、妓院、酒吧，興致勃勃地窺探那些不存在他們生活裡的頹靡、暴力和污穢。當時的市場顯然求過於供，一些業者甚至會雇用演員扮演毒癮者或幫派分子。一篇探討貧民窟旅遊爭議的文章裡寫：「畢竟沒有人想要遊客要求退款或敗興而歸。」

最荒謬的往往不是人性，而是我就是那個人性。為了假裝更理解他人之痛苦，買了機票萬里迢迢像看獅子狩獵般去用最近的距離旁觀，再為了遮掩旁觀的心虛，以及買完機票之後稀薄的存款，盡全力與周圍大多數人過一樣的生活，每天重複單調的吃食，拎塑膠桶子洗冷水澡，對著一個深不見底的洞排泄，在田野間走長長的路把鞋磨穿，搭看起來已經轉了好幾手卻永遠開不壞、一路哐啷哐啷像一個生鏽的鐵罐頭大聲嚷嚷的五十鈴或豐田小巴去村子以外的地方。我於是明白為什麼基貝拉的導覽行程簡介讓我不舒服，因為以一種哥倫布發現新大陸的心態在體驗貧窮的其實是我，而這樣自我感動式的發現和體驗用桑塔格的話說，「都只是窺淫狂罷了」。某天當志工的育幼院來了一個剛從大學畢業的巴西女生，對環境議題十分熱衷。我帶她到村子裡逛了一圈，她指著掛在商店門口的小袋包裝洗衣粉，忿忿不平地說：我不知道為什麼他們要在風景這麼美麗的地方賣這樣製造大量垃圾的東西。

因為很多人只買得起那樣分量的洗衣粉，我說，然後意識到她的憤怒和我的理解都無法改變任何事情。去肯亞之前我不知道為什麼只帶了一本書，而且是一本離我慣常閱讀範圍十分遙遠的關於全球化的經濟書。作者在書裡很決絕地寫道，在現今的全球化架構下，第三世界國家要像五十年前的亞洲四小龍一樣翻身，幾乎是不可能的事情。我坐在一口快要乾枯的水井旁邊看完這段，馬上闔起書頁，像不小心瞥見了一個凶卦。

於是在村子裡看了一個月赤腳奔跑的孩子、市集上成堆從中國運來的回收衣服、旱年裡大片大片枯死的玉米、五面用鐵皮覆蓋幾乎空無一物的房子之後，很難說服自己還有去基貝拉旁觀的必要。十九世紀末，富有的英國遊客將貧民窟旅遊的點子帶到美國，理由是想看看紐約的貧窮和倫敦的貧窮有什麼不同，聽起來有些強詞奪理，從社會學研究角度又不無意義。但我甚至不是富有的人。有些時候我連自己都幾乎要救不了。

最後還是去了基貝拉。脖子上掛一台單眼相機，笨拙地走在垃圾混著泥巴和糞便堆疊起來的路面上，幾次不小心踩到塑膠袋一陣腳滑，弗萊西還得過來扶我一把。我是來做報導的。拿起沉甸甸鏡頭對焦的時候，經過缺了門的屋子跟裡頭坐在地上吃飯的人對到眼的時候，被身後耐不住我遲緩步伐的聲音催趕的時候，看幾個孩子把一袋垃圾當足球踢得不亦樂乎的時候，跟著弗萊西來到基貝拉的制高點看已經在網路上看過無數次、鐵皮屋頂層層疊疊像生鏽刀片散落一地的景象的時候，都要一次次對自己說。

幾天前，早我一步離開育幼院的西班牙攝影師給了我弗萊西的電話，說他在基貝拉運作一個推廣藝術的組織，即將在總統選舉前舉辦一個宣導反暴力的演唱會。貧民窟裡的藝術。結果難料的五年一度大選。選舉後血跡斑斑的部落衝突紀錄。我又像哥倫布一樣沾沾自喜起來，馬上傳了訊息問弗萊西能不能採訪。為了讓自己看起來更堂皇，末尾且還加註：我覺得會有很多臺灣人對你的組織感興趣。

但弗萊西顯然不在意我的話術。從頭到尾他連文章會在哪裡發表都沒問，也不像一些我拜訪過的組織一樣，極為扼要地敘說了貧窮的故事之後，便熟練地把話題轉移到捐款上。對於那些被不同人重複過無數次而顯得貧瘠的問題，他始終抱持著比我這個提問的人更大的耐性——我左腳瘸了，因為小時候感染小兒麻痺；路上有塑膠袋裝的糞便，因為很多人不敢在晚上出門上廁所；有國際組織提供錢要改造住宅，但巷弄太窄大型機械進不來；有人被安置到鄰近的公寓，但寧願搬回來收公寓轉租的租金；因為幫派械鬥死去的人太多了，在這裡長到二十多歲的人都認識幾個；對，教育是重點，但整個基貝拉六十萬人口只有兩間公立小學；十年前大選後部落衝突持續了兩個月，砍人、放火、性侵，屍體就堆在這個廣場；當然，當然，這完全有可能再發生一次……採訪的間隙他帶我四處遊逛閒聊，得知我寫詩時眼睛忽然大亮，堅持要我到他們每天下午的創作分享會上，靠著一面土牆唸一首沒人聽得懂內容的詩，再更堅持地要在一旁的小吃攤請我吃一頓飯——我完全忘了當時戰戰兢兢點了什麼菜單上最便宜的東西，但往後的日子裡，那頓失去味覺記憶的飯總在各種需要慷慨的場合，尖銳而溫暖地提醒我的吝嗇和市儈。

因為弗萊西，我幾乎忘了自己是去做報導的，而且去的是基貝拉。前幾次去，他總要我在社區外圍等人來接，為了安全，也怕我在不存在地圖上的巷弄間迷路。演唱會舉行的那天，我自覺已經熟門熟路，便自行走到演唱會舞台所在的廣場，穿梭在歡樂的人群裡拍照，看弗萊西和其他幾個熟悉的面孔在台上唱饒舌，跟著喊斯瓦希里語的口號，一時錯覺在參加一場大學時期的社團成發活動。節目進行到壓軸的時候已是傍晚，基貝拉最受歡迎、被譽為「最有機會走出貧民窟」的饒舌歌手上台，弗萊西突然神色緊張地走過來，要我站到舞台邊上，不要移動。音響裡重低音的節拍持續，站在前排的孩子仍在笑著尖叫，我還來不及問原因，就看到後方的群眾開始奔散，微弱的燈光下隱約有一團影子正往舞台的方向快速前進，接著舞台上的人也推擠起來，完全遮住了我的視線。混亂之間弗萊西不知道朝誰大喊：「把白人帶出去！」隨即有人抓起我的手奔跑起來。

我沒有回頭地跑了一路，來到基貝拉外圍公路上時天已全黑，大半社區都消失在巨大的陰影裡。一口氣還沒喘上來，一台共乘小巴一個煞車停在我面前，一個男人哐啷哐啷地拉開車門，掛出半個身體：「姊妹，上車嗎？」

第一次也是唯一一次，有人在肯亞叫我姊妹。那個稱呼原本應該會讓我非常開心。但是沒有。我是被拯救的人。我完全不知道發生了什麼。

馬庫由

會到馬庫由完全是個意外。春季末尾，日程表上多出兩個月空白，心裡掙扎一陣，索性把公寓也清空了，投身南方想像中一片荒蕪的大陸。決定目的地的過程像蒙眼射飛鏢，先看見地名，才在地圖上找到方向。馬庫由：肯亞南部，首都北方，南半球，接近赤道。再放大看，細小的白色公路散落在灰暗土地上，一張稀疏的蛛網般閒閒掛著，不知道是尚未完工，還是已經殘破。

空蕩、神祕而充滿可能。多麼非洲。

當時帶著一生必得至少去一次非洲的念頭，決定下得理所當然，一點都不覺得冒險。然而撤離好不容易建立起的規律日常，千里迢迢地把多出來的時間都押在一個陌生村莊上，表面說是追尋邊界，實則期待換一個新的自己。會踏上這樣的旅程，如果不是青春正盛，大概就是生活裡的僵局已經退無可退了吧。年近三十還賭性堅強，對於遠行作為一種救贖深信不疑，想來有些慶幸，又有些感傷。

這些質疑都是後來的事了。出發前一段日子過得十分陰沉。多夢，焦躁，醒來時沒理由地想哭，每天都像在深海裡前行。一開始苦苦掙扎，練習著換氣，後來也放棄了，胡亂收拾好行李和情緒，巴巴等著朝遠方的光點出發，不顧光點的背後也許空無一物。

又或許我想要的正是空無一物。遠行要去的地方沒有地址，只有一個村名馬庫由，彷彿村裡所有人都住在同一屋簷下，親親暱暱。從首都拉出的長長公路擦過村莊邊緣，是周圍唯一有名字的道路。網頁上顯示沒有大眾交通工具可到，只能搭計程車。我不死心，又問當地預定來接的人，他回信：第一次來非洲的人，要靠大眾運輸移動，可能有些困難。語氣委婉而堅定。我立刻被說服了，承認自己對非洲確實一無所知。

這年代的非洲有什麼？臨行前朋友問。幾個人煞有介事地複述曾草草讀過的非洲新聞，暫且忽視這命題盡顯傲慢與無知。我們都知道非洲大過俄國、美國，再加上一整個印度，卻仍習於看南半球被壓縮的投影地圖；我們都知道非洲有原野、度假村、傳染病、戰爭和饑荒，卻也都知道非洲不只有原野、度假村、傳染病、戰爭和饑荒。所有的知道，都只證明了自己什麼也不懂，似乎也像人生。

什麼也不懂，只好空空地去。在空空的早晨，離開空空的公寓，空空地飛了比歐洲回臺灣還要長的距離，抵達凌晨三點空空的機場。非洲有什麼？機場牆上海報盡是原野風光——與枯草融為一色的花豹、飛躍的瞪羚、悠哉漫步的象群。三個美國來的年輕男生剛過海關，脖子上還掛著旅行枕，掩不住興奮地在一頭獅子被放大印刷而顯得空洞的眼睛前合照，一邊哇啦啦大喊，終於到非洲啦。

沒親眼看到獅子、舌吻過長頸鹿、與身穿傳統格子披巾的馬賽原住民肩並肩合照，還算到過非洲嗎？我遲疑起來。「歡迎來到我們美麗的國家。」機場門口站了一排一臉疲憊，卻仍不放棄要搶到最後一趟生意的計程車司機，其中幾人遞來邊角磨損的名片，上面印滿了各大國家公園的名稱。「狩獵行程。兩天，三天，四天，隨時出發。」見我沒有反應，他們開始比手畫腳，白牙齒在夜色裡一閃一閃，眼睛努力要亮出光彩。「犀牛啊。斑馬啊。野豬。獵豹。都看得到。」

幾個小時後的早晨，我在馬庫由一間磚房裡的木床上醒來。推開厚重鐵門，海拔一千三百公尺的日光正好。雲飄得很低，香蕉葉懶懶垂在牆邊，孩子光著腳在無盡的紅土上跑。村子裡最常見的動物是雞和羊，最多的野生動物是猴子和老鼠。擔任夜間守衛的馬賽男人從家鄉帶來一套弓箭，防的是小偷而不是獅子。高高低低的玉米和甘蔗田間，沒有犀牛，也沒有獵豹。前一晚遇見的非洲像一個遙遠的夢。

來自蘇格蘭的志工戈登提議去safari。走半小時的路，再搭一小時共乘小巴到最近的鎮上，通過警衛搜查，進到店裡，才發現是肯亞最大的電信公司而不是販賣狩獵行程的旅行社。昏暗的日光燈下擠滿了人，對著展示櫃裡的大螢幕中國韓國手機指指點點，每一台都至少是一般人三、四個月月薪的價格。妳需要網路吧？戈登問我。我需要網路嗎？還來不及思考，店員繞過重重人群，把申請單遞了過來。一個小時後我拿到SIM卡，經過排隊人龍裡一張張無聊又無奈的臉，覺得十分愧疚。「沒什麼。」戈登聳聳肩：「因為妳是白人。」

後來我才知道那句話背後的意涵是「白人就是有錢」，而在貪腐盛行的國家裡，無論多麼小的場合，有錢之於自己是特權，之於他人則是擁有特權的希望。面對希望有人討，有人纏，有人偷，也有被逼急一點的伸手就抓。剛到肯亞的前幾天，走在市集裡我總感覺惶惶不安，把錢摺了又摺，塞進口袋最深的地方，匆匆穿過四面八方傳來的各種呼喚：白人，買鳳梨吧？中國人，打不打耳洞？凱瑟琳，要不要花生？珍妮，要不要冰水？要不要鎖？

赤道的冬天，陽光依然熾烈。我假裝瞇起眼睛趕路，不敢對上任何一個充滿期待的眼神，不敢計算他們一天的曝曬之後能賺進多少收入，更不敢因為臺幣五元、十元的差額，假作平等地和他們討價還價。為了逃避這些，我拐進開著冷氣的明亮超市，買了一袋標價稍高但清楚的日常用品。才剛結完帳，迎面就走來一個衣著破舊的小孩，細聲要錢。「我沒有硬幣。」我十分艱難地說。小孩看起來並沒有特別失望，很乾脆地走了。我看著他在街上繼續梭巡張望的背影，忽然明白希望他因為被一再拒絕而離開街頭，跟希望他因為幾個零錢而改變人生一樣，都是太天真的奢望。

市鎮裡人多，又遠，於是大多時間都甘心待在馬庫由，照看一群從街上撿回來的孩子，練習在一條條沒有名字又無比相似的泥土路間，辨識自己的方位。在馬庫由的時間過得很慢，也過得很快，彷彿在龜裂的田間路上走，沿途玉米、咖啡、甘蔗、豆子等作物來回重複，不覺就走了長長一段，卻沒有任何風景的記憶。眼前肯亞山依然烏雲一樣地橫在遠方，甚至不確定自己有沒有迷路。偶爾打開手機，接上昂貴的無線網路，恐攻、選舉、臉書霸凌、北韓飛彈、中印衝突等等新聞，連著各方訊息一股腦湧上來：非洲好嗎？妳在非洲做什麼？

手機螢幕的輻射波像浪，我盯著感覺就要溺水，趕緊又把網路訊號關掉。十分鐘耗去200MB，七十先令，臺幣二十塊錢，約莫是路旁攤販半日所得。我對於時間與金錢的換算越發混亂。那天在日記裡寫下：不知道還能不能回去原來的世界。

沒有網路倒好，有藉口慢慢琢磨一個問題的答案。這裡除了日出日落，盼了三星期的小雞破殼然後夭折，什麼也沒發生；一整天我除了做飯、洗衣、清掃、教課，什麼也沒做。事情看起來少，時程卻是滿的。做飯從生柴火開始，要兩小時；洗衣從打滿三大桶水開始，三雙手來回搓揉，也要兩小時。洗熱水澡得先打水，生柴火，大約是把鞋底累積厚厚一層泥巴刮除的時間。如果腸胃脆弱，需要喝殺菌過的水，那麼盛水、挑去孑孓、煮沸的過程，差不多足夠走路到一週兩次的菜市，買一袋出口商挑剩的便宜酪梨，作為平淡三餐之間的小小確幸。儲水塔見底的日子則被拉得更長，全村的人一邊從井裡緩緩捲起吊桶，一邊漫無止境地等雨。

在缺乏機械的馬庫由，談效率顯然是無意義的。然而真要計較起來，唯一比機械有效率的，大概就屬排泄了。每天早晨我蹲在一個坑上，丟棄的聲音像什麼被狠狠地摔進地底，一點氣味也不留。廁所門前任何時候都有一群螞蟻，不懈地爬出乾涸的土壤裂縫，在陰影裡滿地亂走，像一個隱喻，又像一個承諾。我每天盯著蟻，想像一隻蟻如何在蟻群裡感覺自己作為一隻蟻，如何從一群蟻加入另一群蟻，又如何因此感知世界的巨大與徒勞，彷彿看見自己走在路上。

到後來也就學會不再緊緊地數著時間。總之做完該做的事，就是一天。不會減少，也沒有更多。所有瑣細都被放大再放大，成為一日的中心，直到我再也看不清生活的全貌，並且竟然為此感到安心。

過多的計算，只顯得現實沉重。這是負責洗衣的夏倫告訴我的。她日日走一個半小時的路來，再走一個半小時的路回去，領的薪水遠低於手上大專學歷值得的價格。高失業率、貪污、乾旱、城鄉差距、殖民史、部落衝突，天氣比較晴朗的時候她零零碎碎地談論這些，笑得很輕，然後問：「妳可不可以把我一起帶走？」

更好的生活總在他方。我愣愣看著與我同歲的她，一時不知道該如何解釋，我正是帶著同樣的念頭，才蒙著眼睛，來到這裡。

法文課上的異邦人

前一年秋天的某一天，我連上許久未登入的社群網站，迎面竟是一張A穿著白袍站在藥櫃前的照片，鬍子修得整整齊齊，咧嘴笑的弧度和我記憶中一模一樣。照片下方他的太太放了三個笑臉，附上一段阿拉伯文。我對阿拉伯文的記憶只剩下字母發音，讀了像是沒讀，但就憑那三個笑臉，不點開翻譯軟體也大概猜到了意思。

原來這才是A原本的樣子。和他緊密相處的那段時間裡，他總是穿一身黑衣黑褲，斜挎一個到處脫線的黑色仿皮包，包包的背帶卡在他圓凸的肚子上方，讓肚子看起來更加突兀。緊張的時候他會不自覺地將背帶往下拉，覆蓋肚子最凸出的弧度，然後隨著他一邊說話，背帶又慢慢地滑回原來的位置。那個無可奈何的細節構成了他聲音的基調——即使咧著嘴笑，他聽起來總是非常懊惱。

我於是想起來那也不是A原本的樣子。剛認識他不久的時候，他用一貫懊惱的語氣說，自己兩年裡胖了二十公斤，因為只有吃才能緩解他的焦慮，然後似乎因為想到了什麼好吃的食物，摸著肚子又咧嘴笑起來。

那是二〇一五年秋天的事。七年後，照片上的A沒有變瘦，但也沒變得更胖，很難看得出他是否不再像以前那樣焦慮，畢竟這麼多年過去，作為他所有焦慮源頭的那場內戰還在持續，只是因為更多的其他戰爭而被多數人遺忘，並且在極偶爾被提起的時候，也少有人再為戰爭的長度感到驚訝。一家媒體在殘破的城市街區採訪了一個十二歲男孩，記者旁白附註說這是一個從出生就在戰火中長大的孩子。有人在底下留言：他可能一輩子都會活在戰火裡。

一些人用冷酷貼近現實，我貼近現實的方式則是承認自己完全沒有能力評論一場看似陷入腦死的戰爭。我與這場戰爭，甚至與A的聯繫，就只是一連串時間和空間上的巧合——如果不是我在對枯燥工作的忍受力瀕臨極限時，剛好能拿到比利時的簽證；如果沒有幾個國家一連串的軍事衝突與政府迫害，在二〇一五年夏天造成了歐洲第二次世界大戰以來最大的難民潮；如果我沒有在搬到布魯塞爾不久之後的某天遊蕩到北火車站附近的公園，無預警地在一片泥濘裡第一次親眼見到一座難民營；如果不是我放棄原本可以持續數十年的職業生涯後生活太空自信太滿，不知道哪來的念頭決定著手寫一篇關於難民的長篇報導，而且還奇蹟般十分順遂地找到了發表平台和許多慷慨的採訪對象……那個夏天我像個失學太久的孩子狼吞虎嚥惡補著地緣政治知識——阿拉伯之春。阿薩德政權。阿拉維教派。伊斯蘭國。自由敘利亞軍。庫德族。代理人戰爭。追蹤戰爭最新情況的網站上各種顏色的斑點密密麻麻，我每天盯著那些亮點移動，感覺自己又多理解了一點這個世界。

秋天我在社區的法文語言學校遇見A，第一天自我介紹的時候他說自己來自敘利亞，休息時我自以為聰明地湊過去問他，你是遜尼派還是什葉派的呢？我們兩個法文能力都十分有限，一個像被掐著脖子說話，一個像摀著耳朵聽，他過了幾分鐘才明白過來我在問什麼，眼睛轉了半晌找不到單字，直接從衣服底下掏出十字架項鍊：「我是這個。」

我這才發現我依然什麼也不懂。就像後來數不清多少次面對來自伊拉克阿富汗西撒哈拉巴勒斯坦蘇丹塞內加爾的尋求庇護者十分艱難又坦蕩地向我敘述各自國家的困境，我總是不斷被新的事件和詞彙絆住，然後忍不住質疑自己作為一名傳話者的能力。當我對那些地理和心理上都十分遙遠的國度一無所知，如何能正確地理解「我家被炸毀了」、「我的村莊有塔利班的人」、「我有十幾個堂表兄弟被殺了」等等簡潔句子背負的繁複事實與情緒？如何像冷峻而不透明的難民審查制度一樣，將苦難量化出等級，再堂而皇之地劃出一條界線？

那條界線的一邊是受認可的難民，另一邊沒拿到居留卡的人就只能像灰塵一樣落到社會的暗處，或者飄到其他地方。A到比利時的第一年就拿到了庇護許可，用另一邊人的話說，他是「比較幸運的人」。

可能A內心深處也這樣相信。每星期一他固定會買一張刮刮樂，下課的時候蹲在走廊上刮，再拿到垃圾桶丟掉。不刮彩券的時候他也願意聊天。A會阿拉伯語和俄語，我會華語和英語。全世界最普遍的語言集合了四種，卻完全沒有交集。我於是不確定A的故事在我耳裡聽起來像一堆碎片，是因為我們錯誤的文法、扭曲的發音、殘破的句子，還是因為經過戰爭翻攪的記憶本來就是一堆碎片。他的家在哈塞克。敘利亞北邊。三十五歲。不是阿拉伯人。是亞述人。也說阿拉米語。基督徒。之前是藥師。唸書在烏克蘭。五年。結婚。五年前。戰爭前。生女兒。兩年半前。在比利時。以前週日上教堂。晚上有朋友。吃飯。跳舞。喝茴香酒。抽水菸。「戰爭前太快樂，太快樂了。」這些零散的敘事最後總是這樣結束，然後他說自己得出去抽根菸。

在A身上我學會問，也學會不問。那年十月的第一天他看起來異常開心，我經過一番拼拼湊湊才知道因為前一天俄國總統普丁下令加入戰爭，開始空襲敘利亞反政府勢力。「再四個月。戰爭。結束。」他拍拍手做了一個完結的手勢。我連他為什麼能如此篤定都不知道從何問起，更何況極權政權、自由民主等等更多形而上的問題。我看過唯一一則敘利亞和臺灣有所連繫的新聞裡寫：「臺灣的戒嚴時間全世界第二長，直到二〇〇一年才被敘利亞超越。」但正因如此我更難開口——二〇一一年四月，面對全國各地的群眾示威，敘利亞總統阿薩德終止了長達四十八年的戒嚴令；主流的歷史敘事裡，敘利亞內戰始於二〇一一年三月。

解嚴後的一邊是總統直選，一邊是全國內戰。我是比較幸運的那邊。於是當A聽到阿薩德和普丁的名字豎起大拇指時，我只能選擇沉默。面對戰爭，所有關於價值的話語聽起來都像辯術。四個月後戰爭持續，A沒再提過阿薩德和普丁。幾個冬夜我和學校裡其他亞述人在他位於城市邊緣頂樓昏暗的廚房裡吃烤肉串，喝加了冰塊就魔術般變成不透明液體的茴香酒，輪流抽香氣甜膩的水菸，把湊在小矮桌旁的所有人都包在毯子一樣的煙霧裡。過一陣子總會有人喊著要唱歌，於是A會搬出他的電子琴，熟練地一邊彈一邊指揮。所有阿拉米語的歌詞我只聽得懂幾個男人反覆扯著喉嚨唱的那句：「媽媽、媽媽啊媽媽。」

我不知道歌詞裡的「媽媽」指的是家鄉，還是母親，但幾杯酒下肚之後總會有人唱到紅了眼眶。A兩歲半的女兒也會唱這句，唱完之後撲到媽媽懷裡。她是在場唯一看得到媽媽的人。A的太太總是妝容精緻，坐在最角落的位置，不斷遞著食物，很少說話，只有在唱歌的時候才打起拍子笑。我要A翻譯跟她說菜真好吃，她微笑回了一句，A又露出懊惱的表情說：「她說桌子太小了，真是抱歉。」

我不確定A是否知道敘利亞和臺灣在戒嚴這件事上的連繫。認識他幾個月之後，他還是常常以為我來自泰國。但身在異邦，我們有時候確實在打同一場仗。那場仗放大一點叫生活，縮到極微也不過法語動詞的一個變位。某天上課前在走廊上遇到A，他看起來一臉沮喪，說自己剛剛又弄錯了「知道」的變位：「但我明明知道怎麼說才對。」

「我懂。」我說。沒說出口甚至說不出口的是，前幾個星期存款見底，找到郊區的一間老中國餐館打黑工。前代移民早早找到了異國生存之道，在菜單上每個菜名旁邊都標了號碼，然而儘管如此，一百多個數字混在一起，一個晚上我依然點錯了好幾道菜。餐館老闆娘帶著憐憫的眼神看我，好像在看一個發展遲緩的孩子，嘆口氣說不然妳出去擦窗戶吧。我一邊擦著黑暗裡根本看不清透亮與否的窗戶，一邊掛心遲遲找不到書寫結構下筆的報導，感覺人生最迷失也不過如此。

與我相比，A的目標明確得多——學好法文，拿到藥師執照。或者用A的話說：「正常的生活。」那短短一句話背後包括讓太太不再需要每星期出門領救濟物資，收到政府信件時不需要帶到語言學校請老師用更簡單的詞彙解釋意思，租一間更像樣的公寓放更大的餐桌，買一台車載一家人出去玩，有能力在女兒因為語言不通被幼稚園老師認定有表達障礙時出聲為她辯護。這些生活的細節一起疊加在一個語言課程上顯然太過沉重，A的焦慮漸漸不只表現在肚子上。冬季末尾班上一半的人升到下一級，A在口說考試時突然像整個人沉進水裡一樣說不出話，只能被留在原地。在那之後他常常拿課堂上的作業，甚至生活裡的問題問我——妳可以看一下這個句子嗎？妳可以告訴我這裡要填什麼嗎？妳可以幫我查有沒有免費的兒童法文班嗎？妳可以幫我打電話給瑞典大使館問他們我可以去斯德哥爾摩的一個派對彈鋼琴賺錢嗎？問問題的時候他的眼神總是十分渙散，聽到我說可以之後才集中起來：

「真的？妳可以嗎？」

他懊惱的語氣越來越急切，有時候我回答得太慢，有時候我回答不了，他也不吝於表達他的不耐。一次我們在超市排隊結帳，他要我看一個他法文作業裡的句子，我抓著紙張讀，一路讀到收銀台前還沒看懂，他乾脆從我手中抽回他的作文，拿給收銀員：「您可以看一下這三個句子文法對嗎？」

我隱約能理解A為什麼表現得這麼走投無路。不久前我請他和另一個敘利亞人到家裡吃飯，不知道聊了什麼，他忽然很嚴肅地問：「妳覺得神真的存在嗎？」

又是一個我總是不確定如何恰當表達立場的主題。但顯然A並不期待我的答案，馬上又接下去說：「我現在覺得沒有。如果有神的話，為什麼戰爭一直打不完？」

他直直地看著我，眼神像一個黑洞，「為什麼」三個字似無止境地從洞裡傳出回聲。我不忍心再與他對看，只好盯著他脖子上在燈光下一閃一閃的十字架項鍊。一個月前我關於難民的報導終於刊登出來，裡面也有A的故事。三千多字的文章和他的一句話相比，顯得無足輕重。我不知道自己還能如何做得更多。

到了學年結束的夏天，A的焦慮沒有變好，又被留了一級，下課後在陽光下陰鬱地抽菸。我給了他之前要我找的、一個阿拉伯語教會的心理諮商電話，他點點頭接過去，沒說打或不打，只問我秋天開學還回來上課嗎。我說我還不知道能不能待在這裡。他又點點頭，看起來非常疲憊。菸燒到盡頭，人就得告別，走沒幾步他忽然叫住我，沒頭沒腦地說：「如果我沒有結婚，一定會娶妳。」

我完全忘了當時怎麼回他。那是我最後一次見到A。秋天我拿到新的簽證，開始做新的報導題目，沒再回去上法文課，跟A保持著各自安好的距離。二〇一五年夏天開始的許多事仍在繼續。難民潮。戰爭。恐怖攻擊。種族歧視。極右派興起。我一籌莫展的法文。磕磕絆絆說話的時候我偶爾想起A懊惱的語氣，然後發現那已經是兩年、五年、八年前的事。某天我鬼打牆地又說錯了「知道」的過去式第二人稱複數變位，忽然想再看一眼A當上藥師的那張照片，卻怎麼也找不到。

我這才意識到這件事邏輯上的蹊蹺。幾年前我早就遺失了原本臉書帳號的密碼，有意無意地一下子與許多人都斷了聯繫，根本不可能看到A的太太的貼文。那張照片裡的A真的存在嗎？他落在網路世界被擠壓到記憶深處的另一個社群平台裡，還是只是我內心希望偶一閃現的投射想像？

我愣在電腦前，不知道要從哪裡開始解開這個謎團。回溯起那一年發生的一切，一時分不清楚哪些情節曾經發生過，哪些是夢。

沙發衝浪

即將滿二十六歲的夏天，我終於有了一個屬於自己的沙發。

儘管那沙發其實不是我的，也不是真正的沙發。同住的T說那是他大學時期合租公寓的剩餘之物。一整間公寓的人都飛鳥離巢般地畢業四散之後，留下一張沙發床在偌大的客廳裡不知所措，T便把它和當時一樣不知所措的自己一併打包走了。在外旅行幾年後回到原地，沙發床仍然不知所措地困在父母家裡的閣樓上，剛好拿來填充什麼家具也沒有的新公寓。大概因為如此，沙發床看起來很精神的樣子，雖然攤開來就只是一張生硬的床墊，摺疊起來連一個扶手也沒有，要說是床或沙發都有點勉強。

兩年裡我們幾乎從沒坐過那張沙發。我之所以想要一張沙發，完全只是為了沙發衝浪。在我最頻繁旅行的那幾年，或許因為廉價航空興起，又或許時代朝某個方向走到了盡頭，嬉皮式的窮遊以一種隨意的嬉皮步調又流行起來。不甘心日子像氣球一樣空空地乾癟下去，於是一個個拋棄寫到一半的人生劇本，帶著空空的背包去演一部低成本的公路電影——漫無止境的步行。搭便車。睡沙發。連著睡幾個沙發就成了更嬉皮的沙發衝浪。一開始的出發點是銀行帳戶裡單薄的數字，到後來不知道為什麼，對抗資本特權的行動也成了一場攀比——要來的慷慨越多越好。去的地方越偏僻越好。旅程越艱險越好。談起艱險的旅程時，態度要越滿不在乎越好。因而也有那麼幾次我走在不見頭尾的路上，步伐越踩越恍惚，不確定是腳印帶著我，還是我帶著腳印。遲疑的同時，塑膠手掌玩具般黏覆著整個腦袋的問題竟然不是路何時到底，體力何時耗盡，而是如果不出一點意外，這段比一整條路更荒蕪的經歷該何以為繼。

依照這樣莫名其妙的思路推論下來，我會為了一張不算沙發的沙發感到滿足，也不完全難以理喻。極可能是許多年前在柏林的那個沙發主家裡，他擺設優雅的公寓和人生讓我又一次想起自己的生活多麼散亂無序，並且在弄得一地狼藉之後，還總是能像抽取公共廁所裡的衛生紙一樣，任性地揮霍遠遠超乎我所應得的善意。極可能是那樣一閃而過的羞赧和慶幸，促使我半客套半認真地說，希望自己哪天也有這樣空出一張沙發的餘裕。

如此在日子仍過得歪歪斜斜的時候，有了一張勉勉強強能讓人衝浪的沙發。帶法依達和澤拉搭地鐵搖搖晃晃回家的時候覺得有些歉疚，又向法依達比劃了一次沙發床的大小，問她：妳覺得兩個人睡得下嗎？

可以。可以。她眼神根本沒掃過我的手，濃厚的口音讓她必須緩慢而清晰地說話，每個字都彷彿石頭落進水裡，義無反顧。兩顆石頭扔完，她又拉了拉一旁的澤拉：她不會說英文，才二十五歲，我得帶著她。

法依達此前根本不認識澤拉。那是二〇一五年十一月，媒體上所謂二戰後最大的難民潮一連漲了幾個月後來到高點，遠行的人們被一波波沖刷到幾個歐洲大城的火車站旁，冷風裡縮起身體像受困的候鳥，誰也不認識誰。

或者應該說除了一起受困的人，誰也不願意認識誰，就連聲音也像剪輯軟體上的一道道音軌可以被輕易拆分得毫無關聯。廣播新聞裡幾天前巴黎恐怖攻擊的緝兇後續。車站旁大馬路上呼嘯而過的車輛。裝著麵包的塑膠袋被悉悉窣窣地傳遞，再被飢餓的人急切地一把撕開。一只不知道埋藏在哪裡的大聲公機械式地複誦臨時收容所床位已滿的消息。有人來回踱步。有人艱難地點菸。有人把睡袋拉鍊密實地提到最底。天色和氣溫一起沉下來，那些聲音於是縮成了針，從看不見的地方細細地刺著耳膜。我也許是受不了那樣的詭譎和冰冷，便走到人群圍繞的中心說我有一張沙發，沒多久兩個女人像受招領的失物被帶到我面前。好了妳們可以走了。說話的人還沒和我對到眼就消失了。

一切發生得太過隨意，我讓法依達和澤拉進門時才想起來，她們會是第一個睡在那張沙發上的人。此前我將沙發的照片放上沙發衝浪網站，幾個星期都沒有回應。為了緩和從人群裡帶回來的冷鬱氣氛，我用盡可能輕快的語調對法依達說，妳知道嗎這是我第一次接待沙發衝浪客。

法依達露出困惑的表情：衝浪是什麼意思？就是拿一個板子站在海上。我拙劣地模仿了衝浪的動作。其實我根本沒衝過浪。哦，海，我經過俄國的時候看過。她轉頭為澤拉翻譯，澤拉的半張臉蓋在黑色頭巾的陰影裡，靜靜點了點頭。我不確定澤拉聽懂了什麼。她們來自阿富汗，阿富汗沒有海。從沒有海的阿富汗在大陸上繞了一個大圓弧抵達北海邊的比利時，法依達顯然極有方向感，還記得回到一開始的話題：那沙發衝浪是什麼意思？她長年耕作的臉上抹了淡粉色的唇膏，和那唇膏的顏色一樣有著與她外表不甚相稱的旺盛好奇心，對所有不認識的英文單字都興致勃勃。

我理解的詞彙忽然全都陷入泥沼。我曾以為沙發衝浪衝的是流浪，但網路上一個嬉皮模樣的年輕男人說，那是用來形容從一個沙發移動到另一個沙發，輕盈地彷彿從一個浪站到另一個浪上。流浪。遠行。離家。上路。有什麼像一個厚重的浪打下來，阻止我把這些字吐成輕盈的泡泡。

儘管這些字法依達一個也沒用過。澤拉的丈夫三年前說要來歐洲，從此沒了消息，她公婆要她來找，所以她就走來了。法依達用投石一樣的語氣說。我呢，我爸爸和丈夫都在戰爭裡死了，我要重新開始生活。她頓了頓，像在掂量詞彙的輕重：去他的塔利班。

我一時無法確切地理解歐洲大陸為何是一個社區一樣可以貼告示找人的

地方，「走來」不是形象修辭而真的就是走路的意思，帶一個背包到七千公里外的國家重新開始生活之前又需要失去多少東西。但新聞上看過的塔利班讓我感覺自己有資格附和最後一句：對，去他的塔利班。聲音虛虛的，出口就泡泡也似地破了。

沒有親自擔過重量以前，許多字詞都只是一幅海市蜃樓。看法依達和澤拉在那張窄小沙發床上安穩睡著的時候也忍不住很嬉皮地想，要是所有人都能有一張沙發的寬容，一切苦難也都得以水花一樣消解了吧。然後下一秒艱難地回想起來，多年前柏林的那個沙發主家裡如何珍重地擺著一張據說是希特勒坐過的椅子，前半輩子因為家族在納粹黨中的高位而流徙多地的他，又如何在走出一個移民社區裡的超市後像害怕沾染什麼似地快步上車，連聲向我道歉說他通常不會帶人來這樣的地方。過了一些時間之後我才懂得那禮貌背後的惡意，又過了更長的一段時間之後才能理解那惡意與他對我的慷慨並不悖反，只是不免因為所有字詞成像背後的複雜光線折射而感到恍惚起來。

只有生活裡的浪是真實的。四天後法依達和澤拉排到了收容所的床位，和所有沙發衝浪客一樣，揹起行囊消失在人群裡，往下一個浪頭去了。

法蒂瑪

有段時間我每星期三晚上會到家附近的難民中心參加一個志工計畫。計畫內容是輔導小孩功課，但星期三學校只有半天的課，孩子們又太小，晚上七點到八點半少有人還有興趣打開書包，於是大多時候我們只是和孩子一起打發時間。之所以說一起，是因為我常常感覺需要打發時間的是我。是我忍受不住一個人待在家裡工作社交一事無成的空虛，需要從他人身上找一點生活的意義。難民中心所在的大樓原先是一座醫院，位於乾淨齊整的歐盟區中心，早就有建商買下了要改建成高級公寓，卻由於地權建案設計等等外人說不清的原因不斷延期，於是暫且交給政府，提供等待難民申請審查結果的尋求庇護者入住。審查的時間官方說法是一到兩年，也有人等了三年，或是收到拒絕結果後上訴一共等了超過四年。每星期那一個半小時我們會待在十樓角落一個兩面白牆、兩面落地窗的空間。大樓附近建物普遍低矮，站到落地窗旁便感覺飄浮在整座城市上空。每個月都有傳言建案就要啟動，難民中心會遷移到城市邊緣，孩子會轉到其他學校，但每個月過去之後什麼也沒有發生。就像我那陣子的生活。

漂浮。懸宕。等待。受困。我那時才明白都是同一個意思，遂在那個空間裡感到安心。

如果不是那份安心，我很可能是不會去的。與孩子互動總讓我手足無措，他們越天真，越肆無忌憚，越凸顯出我的侷促和彆扭，然後更侷促彆扭地在三十多歲意識到，自己其實不想也不適合做一名母親。是法蒂瑪拯救了我。第一次參加志工計畫的時候，她走過來拉我的手說要幫我編辮子，編完之後發現我和她同一天生日，興奮地尖叫起來。再下一個星期她湊到我耳邊說：我要跟妳說一個祕密，因為妳是我最好的朋友。

那句話意外地讓我像一個九歲的孩子一樣高興起來。大概因為九歲的時候沒有人跟我說過那樣的話。法蒂瑪九歲，來自塞內加爾，與跟我一樣歲數的母親、三個姊姊和一個弟弟一起住在一個病房裡，喜歡甩長長的黑辮子跳舞。那年的宰牲節正好是星期三，她戴了一條粉色頭巾，跑過來跟我炫耀：「我第一次戴頭巾，是不是很好看？」

那天我陪她算了一些乘法，畫了一些圖。一個半小時要結束的時候她忽然問我：「女——性——主——義——是什麼意思？」

她把每個音節發得那樣仔細，我不得不多花兩秒鐘思考如何濃縮並簡化這個詞背後繁複的爭執與辯證。「簡單說，是女生可以做想做的工作，穿想穿的衣服，跟男生一樣。」她眼睛轉了一圈，似乎不是很滿意我的答案：「那為什麼我在學校不能戴頭巾？」

這是一個我沒有答案的問題，而且我沒辦法在幾秒內向她解釋我沒有答案的原因。「這是學校的規定，妳可以去問……」我還沒說完，一個半小時被打發到了盡頭，所有孩子湧向門口，法蒂瑪也跟著蹦蹦跳跳走了，把她的問題留在原地。我看著她左右擺動的頭巾，想起我認識的第一個法蒂瑪。

法蒂瑪比我大兩歲，來自土耳其安納托利亞高原西南邊的一個村莊。

住在布魯塞爾的第一年，我有兩個月和她在同一個法文班上。一星期有四天早上，她戴素色頭巾，坐在角落，開口說話之前會先靦腆地笑。我剛認識她的時候她不叫法蒂瑪，叫莉亞。根據老師的說法是，為了要完全融入法文環境，每個學生都必須要有一個真正的法語名字。

「妳叫莉亞。」老師說。

「我叫莉亞。」法蒂瑪像個乖巧的小學生，兩隻手緊緊放在膝蓋上。

休息的時候她跟我說，叫我法蒂瑪。

後來我又認識了許多法蒂瑪，才知道在虔城伊斯蘭教家庭裡那是一個多麼普遍的名字。法蒂瑪，先知穆罕默德的女兒。有人說她是聖母，有人說她是第一批進入天堂的人。忠貞。純潔。與惡隔絕。女性的模範。每年出生的女嬰裡，都有千千萬萬個受祝福的法蒂瑪。

我不知道法蒂瑪的父母對這個名字確切的期待。法蒂瑪有三個哥哥，是家裡唯一的女兒。十二歲的時候，法蒂瑪離開小學，被送到一個據她描述是「學習當一個好女孩」的地方，每天打掃做飯讀古蘭經，兩年後又回到家裡幫忙家務，再也沒上過學。二十歲的某天，一對已經移民到比利時的父子來家裡拜訪，法蒂瑪為他們端茶，回到廚房的時候母親告訴她，她要嫁去歐洲。法蒂瑪第二次見到大她十二歲的丈夫，是在他們的婚禮上。

這樣的情節如果出現在電影劇情介紹裡，很可能馬上就被我嫌棄老套而失去興趣了。但那是坐在我面前、只大我兩歲的法蒂瑪的人生。她很開心地給我看他們結婚時的照片。照片上她穿著與她稚嫩的臉十分不相稱的精緻白長裙，腰上一條鮮紅色的緞帶打成蝴蝶結，看起來像一個完美的禮物。法蒂瑪說，那是處女的象徵。

法蒂瑪沒提過自己想不想繼續升學，想不想嫁給一個只見過一次面的男人，一個人到此前從沒聽過的國家生活。除了婚禮照片，她像個畫外音平靜地敘說在土耳其發生的這些，而故事裡的法蒂瑪是一個沒有任何意見和情緒的第三人稱。她的憂慮彷彿都是來到比利時之後才開始——在學校因話少而被同學排擠的七歲兒子、長期重病而乏人照顧的公公、經常深夜不歸的丈夫、不盡友善的小姑、她有限的語言能力……

還有頭巾。吵架時，在比利時出生長大的丈夫說她是遮頭遮臉的鄉下女子。到一座辦公大樓應徵清潔工作時，對方要求她進到大樓裡必須脫下頭巾。伊斯蘭極端主義恐怖攻擊發生後仇恨言論盛行時，婆婆要她別把戴頭巾的照片放上社群平台，避免成為陌生人的洩恨標的。在語言學校上了幾個月的法文課之後，校方突然貼出一紙告示，宣布為了遵守教育中立，下學期開始所有學生不准在學校裡配戴任何宗教標誌。

法蒂瑪讀完那則告示，兩隻手抓住她的頭巾邊緣，皺著眉轉過頭問我：

「為什麼他們要這樣做？」

後來法蒂瑪沒再去上課，改到丈夫開的土耳其烤肉店幫忙。我開始唸一個太遲的碩士學位，在一個地窖一樣的公寓裡讀許多太遲讀到的理論，一年後寫完一篇論文，題目是伊斯蘭面紗禁令爭議中的女權話語挪用，偶爾也能煞有介事地談論表面中立的法律如何暗藏歧視，女性的身體如何成為意識形態的戰場，以女權之名支持禁止戴面紗的女性主義者又如何自相矛盾地忽視了個體能動性。論文的致謝頁上我寫：謝謝法蒂瑪，沒有她我不會知道這些我應該知道的事情。

但我從未與法蒂瑪談論過女性主義。法文課結束後的日子裡我們偶爾傳訊息、見面，說的大多是衣食、天氣、寵物等等更為具體的生活，儘管我們過的生活有著明顯的斷裂，就像那時我和母親的越洋電話。我不知道怎麼對她們解釋我的個人主義和憤世嫉俗，也不知道怎麼更好地理解她們對傳統的順從和對美滿家庭的信念。和法蒂瑪一樣，母親也因為家裡的兄弟中斷了學業，為了婚姻離家到語言不通的地方生活，選擇工作時家計永遠擺在首位。和母親一樣，法蒂瑪始終無法完全理解我作為一名文字工作者的意思，不懂我為什麼喜歡看哀傷孤獨的書和電影。比起談論抽象的價值理論，她更關心我的飲食和穿著，無論在她家或我家見面總是她做一桌的菜。一次我陪她去平價服飾店買兒子的衣服，走出店門口時她忽然從袋子裡掏出一條粉色圍巾，套在我空空的脖子上：「我喜歡這條圍巾，所以買了送我最好的朋友。」

我其實不喜歡粉色。那條圍巾被我收在衣櫥深處，每次想起都感覺非常愧疚。我不確定自己是不是有資格當她最好的朋友。幾年前某一天她突然傳訊息給我：我老公在外面有女人。

然後螢幕上顯示了好一陣子「正在輸入」，似乎她打了又刪，刪了又打，最後傳來一句：我該怎麼辦？

那是比她那個關於頭巾的問題更艱難的問題，因為我如此清楚我最想給的、最女性主義的回覆既不現實，也不一定會讓她更快樂。我只能在風暴過去之後陪她喝一壺茶，看她很難得地露出放鬆的笑容：「我好久沒喝茶了，土耳其茶一個人喝太孤單。我們能這樣喝茶真好。」

她口中的「我們」讓我非常心虛。唸碩士時話語分析課的教授說，「我們」是一個十分曖昧的代詞。那些帶著「我們」的句子往往故意不說清楚的是，誰是「我們」，誰又是「我們」以外的「他們」。我們的權利。我們的處境。我們的抗爭。被壓迫的「我們」，支持壓迫體制的「他們」；正確的「我們」，錯誤的「他們」。論文裡我分析得振振有詞，回到現實生活裡卻一再被這樣的字詞絆住。最終選擇對丈夫經常性離家視而不見以維繫婚姻的法蒂瑪，與過了許多年仍比她對此更耿耿於懷的我，也能算是「我們」嗎？我與總是為我的獨身憂心忡忡、某天終於脫口而出沒有婚姻沒有小孩的女人就是一事無成的母親，有可能成為「我們」嗎？甚至更大的詰問是，我們有必要作為「我們」存在嗎？

我仍然沒有與法蒂瑪談論女性主義，只帶著一事無成的慚愧和空空的子宮，每星期花一個半小時陪伴別人的孩子。下星期再去的時候，九歲的法蒂瑪已經忘了關於女性主義的話題，一如往常地來回甩她長長的黑辮子，跳輕快的舞。我想忘了也好。最真正的公平，就是沒有人再需要討論公平；當貞潔失去意義的時候，千千萬萬個法蒂瑪，就沒有誰比誰更貞潔。

屠殺紀念日

前往內祖克的路上，我都在想著非常瑣碎的物事：拖鞋。洗髮精。防蚊液。充電器。

內祖克是波士尼亞東北部的一個山間小村。我和旅伴近中午從首都塞拉耶佛出發搭車往北，三個多小時後到全國第三大城圖茲拉，在車站問了一圈才找到會經過內祖克附近的公車。還好只有三十八公里。公車司機揮揮手說要在天黑前走進村子沒有問題。我總算有些放心。前一天晚上，內戰時逃到德國、大學畢業後才回到塞拉耶佛的青年旅館主人聽我們問起內祖克時一臉茫然，好像那個地名不屬於他的國家。連上網路查交通資訊，地圖放大又縮小之後他恍然大悟：這個地方在塞族共和國呀。

塞族共和國與波赫聯邦共同組成波士尼亞，名為一國，卻有各自的憲法和政府，邊界大致依據一九九五年簽訂和平協定時的戰事前線劃成，零碎曲折，一方一半，戰爭以看似公平而尷尬的姿態停滯下來。塞族共和國多數居民為塞爾維亞族人，波赫聯邦居民則有七成波士尼亞克族和兩成克羅埃西亞族；一邊是東正教，另一邊是伊斯蘭教和天主教；一邊用西里爾字母，一邊用拉丁字母，語言卻大抵互通。在多族群混居數百年的巴爾幹半島，如此清晰的族裔分野自然與暴力有關。一九九二年三月，波族和克族主導的波士尼亞議會在公投通過後宣布從南斯拉夫獨立，四月波士尼亞境內塞族政客在南斯拉夫政府支持下成立塞族共和國，內戰就此爆發。伴隨三年戰爭的是一場零碎而漫長的種族清洗，塞族在東邊城鎮驅逐波族和克族，克族在西邊城鎮驅逐塞族和波族，四百多萬人口的新興國家，有兩百多萬人流離失所。戰事結束之後，標誌各區域族裔組成的色塊由一片混雜的淺紅淺綠淺藍，轉為聚集成團的深紅深綠深藍，固執、堅實，像無法收回的恨意。

無能收回的還有彈痕。戰爭期間塞拉耶佛遭到塞族軍隊包圍，儘管有衛星電視逐日向全球觀眾播報最新戰況，有外國記者和非政府組織進出來去，有桑塔格背著砲火在小劇院裡導了或許是有史以來背景最荒誕的一齣《等待果陀》，圍城依舊持續了一千四百二十五天，成為現代史上最長的戰役僵局。一九八一年電影《你還記得杜莉貝爾嗎？》遠景裡正在興建的共產主義式公寓撐過了圍城期間狙擊手的子彈和砲擊，外牆坑坑疤疤，從戰後就一直被困在國家分裂危機和困窘的經濟裡，彷彿一張提早衰老的臉，時間經過或不經過都顯得蒼涼。公寓裡人們繼續生活，將孔洞留在外頭，內裡的擺設一如既往，只有極端民族主義的陰影從窗外落進來，隨季節縮短又拉長。一個老人一面在坑洞另一邊的廚房裡做菜，一面回答我關於族群衝突的問題，說到一半停了下來：太複雜了，妳為什麼要知道這些？

在傷痕遍布的國家裡，遺忘和回憶都是艱難的事。當時我以為他想要遺忘，是因為戰爭已經結束二十多年，後來才在其他人的回憶裡明白過來，他之所以打斷回憶，或許正和紀念的動機一樣，是因為戰爭還沒停止，也可能永遠不會停止。

青年旅館主人顯然也是更願意遺忘的人。簡短抱怨完常有塞族人仗著國家兩個實體警力互不合作，從山坡另一頭的塞族共和國下山到波赫聯邦管轄的塞拉耶佛偷了車迅速逃逸之後，又興致勃勃地要介紹市區有名的餐廳和新開的酒吧。反正地圖上兩個實體的邊界只是一條淡淡的虛線，很容易就能被遊客忽略。如果不是旅館主人的遲疑，我根本沒注意到內祖克在虛線的另一邊。他是波族人，不曾聽過一個他這輩子極可能不會踏足的村子的名字，也是理所當然。於是他端詳著地圖，迷惑起來：那裡有什麼？

我完全不知道等在內祖克的是什麼，只知道要去紀念歐洲大陸上二戰後規模最大的一場種族滅絕。一九九五年七月十一日，內戰進入第三年，塞族軍隊跨越聯合國劃定的安全區邊界，攻占波士尼亞東部小鎮斯雷布尼查，鎮上約七千名波族男人在小鎮淪陷當晚躲進樹林，和一旅武裝單薄的波族士兵組成縱隊，計畫走一百公里逃到當時最近的前線村莊內祖克，沿途遭到塞軍追殺，最終只有三分之一活著抵達。遇害者絕大多數是平民，屍體埋在近一百個亂葬崗裡，戰後二十多年間才陸續被挖掘出來，至今仍有一千多人失蹤。二〇〇五年開始，名為「和平步行（Marš mira）」的紀念活動每年舉行，逆著當年的逃難路線，從內祖克走到斯雷布尼查。這些幾乎是我抵達內祖克之前所知的全部了。關於步行細節，網路上的英文資訊十分簡潔：七月九日至十一日一共走三天，八日傍晚在內祖克集合，自備三餐和帳篷，需具備一定體能。內祖克和斯雷布尼查之間是一大片山區，途中一個城市也沒有。為了輕裝上路，我們把大部分行李留在塞拉耶佛，出發前反覆掂量各項物品的重量和實用性，放進背包又拿出來。拖鞋需要嗎？（如果沒有地方洗澡就白帶了。）洗髮精帶不帶？（三天不洗頭似乎還可以忍受。）防蚊液買一罐還是兩罐？（前一天剛下過雨完全不能大意。）充電器用得上嗎？（不知道山林裡有沒有電源。）

挑揀一陣之後旅伴厭倦了：好了吧，只是走三天，又不是去逃難。

逃難該帶什麼呢？真正面臨大難的人，大多都沒有餘裕想這樣的問題。波士尼亞內戰結束後二十年間，攝影師茲亞・蓋弗奇陸續拍攝了一系列名為「尋找身分（Quest for Identity）」的影像，主角是從全國各地亂葬崗裡挖掘出的各式死難者遺物——眼鏡、手錶、家門鑰匙、親人照片、打火機、項鍊、水壺、藥片、梳子、刮鬍刀、牙刷和用了一半的牙膏……蓋弗奇說，遇難者之所以會帶這些瑣碎而平凡的東西，是因為他們在踏上人生最後一段旅程時，「其實不知道自己將要面對的是什麼」。戰爭期間，塞族軍隊在波士尼亞各地的種族清洗行動有著相似的劇本——軍隊攻占城鎮，將非塞族居民趕出家門，送上巴士和卡車，其中一些人直接帶往荒野裡處決，就地掩埋；一些人抵達學校或工廠廠房改成的集中營，每日男人受虐，女人被性侵；還有一些巴士則載著整車人不知去向。破碎的頭骨、滿是彈孔的小學教室、被推土機像石塊一樣鏟起的成堆屍體等等暴戾景象都是殺戮以後的事。殺戮的起始不是憑空一聲槍響，而是有人在外面敲門：塞族軍隊攻占城鎮了，你們將被遷移到其他地方去。

而且敲門的人還是你的鄰居、同事、小學同學、街角理髮店的老闆。在戰爭爆發前，那陣忽如其來的敲門聲通常是為了送禮、借東西，或者邀請參加一場派對。住在波士尼亞西北部城鎮普耶多爾的波族法官努絲列塔．斯瓦奇被送上前往集中營的巴士時，認出車門旁持槍的塞族民兵是她的鄰居。鄰居沒透露巴士要開去哪裡，只對她說：「走吧，鄰居。」

一切都來得太過安靜。在許多種族清洗倖存者的敘述裡，波士尼亞內戰最駭人之處，在於殘忍的殺戮突如其來，像一場從天而降的意外。一九九四年紀錄片《塞拉耶佛的羅密歐與茱麗葉》裡，女兒與塞族戀人在市中心橋上遭到狙擊遇難的波族母親在受訪時哭紅了雙眼：「以前我們一直過得很好，沒有人知道戰爭是怎麼發生的。」

另一名活著離開集中營的波族人米爾薩德・司馬吉茨回憶，戰爭前兩年他到奧斯威辛造訪了納粹集中營，怎麼也沒想到那是他人生的預演。內戰爆發時，第二次世界大戰已經過了近五十年，「永遠不再」的口號遍布歐洲，種族滅絕如何能突然再起，鄂蘭關於邪惡之平庸的論述如何又重新被搬演一次，至今仍是波士尼亞許多地方難解的謎團。例如普耶多爾。由於附近的柯薩拉山區是二戰末尾南斯拉夫共產游擊隊擊敗德國納粹和克羅埃西亞烏斯塔沙等軸心國聯軍的重要戰場，普耶多爾在戰後共產黨執政時期成了對抗法西斯主義的紀念基地。到了九〇年代，普耶多爾城裡塞族波族克族混居，年輕一代甚至不清楚自己的族裔。然而波士尼亞獨立運動與起後，極右翼的塞族政客不願脫離南斯拉夫，反覆援引二戰時期塞族平民遭烏斯塔沙屠殺的慘痛歷史，首都的政治紛爭抵達小鎮，幾個月內就煽起了塞族人對非塞族人的復仇情緒，占領地方政府，遣散非塞族的公務員，最終迎接塞族軍隊進城，帶走所有非塞族人。仇恨敘事下，眼前相識相熟之人，都理所當然因為族裔而帶上原罪，失去作為人的資格，可以反覆凌辱、虐打、踩在肚子上跳，最後一槍射進腦袋，在夜裡丟上卡車運到荒野裡垃圾一樣地掩埋。

極端民族主義切開的傷口，似乎只能用極端民族主義的方式痊癒。諷刺的是，至今仍備受塞族極端民族主義者尊崇的二戰時期塞族極右翼武裝組織切特尼克，在柯薩拉戰役裡正是納粹和烏斯塔沙的盟軍。這支名稱源於十九世紀塞爾維亞人抵抗鄂圖曼帝國統治游擊行動的民兵部隊，起初與共產游擊隊一起對抗納粹入侵，隨後卻以共產游擊隊過於躁進，引發德軍對塞族平民大肆屠殺為由，拒絕與共產游擊隊合作，甚至最後反目成仇，將共產游擊隊列為首要敵人，轉而加入軸心國的陣營。

民族主義疊加民族主義，屠殺疊加仇恨，仇恨疊加屠殺，南斯拉夫歷史之混亂、之殘酷，經常令我忘記那是一個人口巔峰時期不過兩千三百萬的國家。塞拉耶佛的老人說的對，種種這些細節要我這樣一個外人理解，實在太過複雜。對於不曾經歷戰爭的人來說，波士尼亞內戰之所以震撼，更具體的原因在於那是史上第一場被彩色攝影機詳細記錄下來的戰爭。不只各國新聞記者用衛星車即時回傳影像，塞族士兵也經常拿小型手持攝影機拍攝，有些畫面用於政治宣傳，有些似乎就只是為了自娛自樂。影片裡穿跟鞋的女人們拿著手提包在路上狂奔躲閃狙擊手的子彈；一個十一歲女孩頸部中彈滿身是血地被抬上小客車後座；集中營裡消瘦無神的男人們在外國記者鏡頭下展演般排隊領飯，吃完離開時每個人手上都還緊握不知道是未來幾餐的一塊麵包；一個波族父親在塞族士兵逼迫下朝山林裡大喊兒子的名字，說「出來吧我跟塞族人在一起很安全」；從斯雷布尼查家中被驅逐的波族難民沿著長長的公路步行離開小鎮，最後被擋在聯合國基地的鐵絲網外，頂著熾烈的盛夏陽光搶一口水喝；一群平民裝束的波族男人雙手被反綁在身後帶到草地上，幾聲槍響後五個五個一排接一排倒下；塞族民兵將六個被俘的波族平民帶到荒野間，一一槍殺了四個之後，再命令最後兩個男人搬運屍體，持攝影機的人看兩人拖著屍體腳步踉蹌，輕輕哼起一段流行歌詞：「那麼近，卻又那麼遠」……。粗礪的影像技術，讓戰爭暴行顯得赤裸而平庸，又因為這樣赤裸而平庸的真實，而顯得不實起來。當殺戮不再是遠方的偶發事件，而是家庭錄影帶式的平凡畫面，此前只能想像殺戮的我們睜大眼睛說：太難想像這真的發生過。

於是在前往內祖克的巴士上，我都在想著非常瑣碎的物事：巴士車身白底藍字的塗漆。被陽光曬得扎人的絨布座椅。手指靠近窗戶隙縫能依稀感受到的微風。前座男人凝結在後頸的汗珠。正是在這樣炎熱的季節，後來下令執行斯雷布尼查大屠殺、最終於二〇一七年在國際刑事法庭因種族滅絕等十項罪行被判處終身監禁的塞族共和國將軍穆拉迪奇踏進這樣一輛悶熱的巴士，對著車上等待被送走的波族平民說：「我將你們的生命作為禮物送給你們，祝你們旅途平安。」車上看起來十分疲憊的人們反射般地回應：「謝謝。」

那段幾十秒的影片我來回看了許多次，結尾那聲「祝你們旅途平安」和「謝謝」總讓我全身發冷。加害者的傲慢和冷血。受害者的無可奈何。兩句再平凡不過的話就說完了。走在熱得人無處可逃的荒野裡，我對哈姆迪亞說，我仍然不敢相信巴士裡的那段對話是真的。哈姆迪亞聳聳肩：就是這樣發生了。語氣讓我想起馮內果在《第五號屠宰場》裡描述戰俘比利的人生：「所有的事情就這麼發生了。」然後他摘下帽子，給我看他後腦勺上的傷：被手榴彈碎片打到的，到美國治也癒合不了，用手擠一下就會有組織液流出來，不信我擠給妳看。我連忙說不用了會痛吧。一點都不痛。他一邊說，一邊用手指去推那道疤，透明的液體一下便滲出來，和他的汗混在一起。他說：就像這樣。

就像這樣。我和旅伴剛剛下公車，踏上進內祖克村莊的小路，就遇到哈姆迪亞和其他幾個內戰時的波族老兵從樹林裡鑽出來。他們來自中部的溫泉小鎮福伊尼查，此前已經走了四天四夜。哈姆迪亞戰時因傷被送到美國，結過婚當過保全又離了婚，十多年後再回到波士尼亞，有說英文的機會似乎讓他十分興奮，很快便將我們帶進老兵團裡一起行動，毫無保留地分享水和食物。一開始我們不敢多拿，失去右眼、左腿微瘸的歐梅爾硬是把一整袋麵包塞過來。哈姆迪亞說，行軍時食物總是先給年輕人吃，就像這樣。

就像這樣。幾個老兵從軍前都有各自的背景，戰後又帶著傷疤回到生活裡，出國，種田，開餐廳，唯一明顯的共同習慣是濃厚的菸癮。一個人抽，聚在一起抽，遇到人時遞菸問要不要抽，除了上坡喘氣的時間幾乎沒有停過。穆拉迪奇也是個老菸槍。攻進斯雷布尼查的那個晚上，他將駐紮當地的聯合國維和部隊荷蘭指揮官卡雷曼斯叫來訓斥一頓，語氣宏亮地聲稱聯合國部隊違約攻擊塞軍。手下只有兩百名士兵、缺乏後援的卡雷曼斯眼睜睜看著安全區被侵略，看起來已經十分頹喪，此刻又要嘗試說服穆拉迪奇讓所有波族平民安全離開，只能囁嚅地解釋聯合國部隊開砲只是出於防衛，話還沒說完就被穆拉迪奇打斷，對著口譯員問：「他抽菸嗎？」卡雷曼斯推辭說最近幾天抽了太多，穆拉迪奇也不知道有沒有聽懂，徑直把菸盒推向前：「抽一支吧，這不會是你人生最後一支菸。」就這樣，負責保護平民的聯合國指揮官，與此前已因許多種族清洗和虐待戰俘事件而惡名昭彰的塞族將軍，便一起抽了一根菸，再拿一杯拉基亞酒乾杯。隔天早上，穆拉迪奇啟動了顯然已經過縝密規劃的種族滅絕行動，從難民間拉出男人，一批批帶到附近的農場、體育場、學校和荒野裡處決，放任士兵從人群裡拉出女人性侵，又派部隊到山林裡追殺在奔逃路上的波族人。短短不到一個星期，超過八千人遇害。

就像這樣。三天裡我們在豔陽下走過路向難辨的野林、荒野間被砲彈炸毀的屋舍、偶爾出現的亂葬崗指示牌，以及鮮黃的地雷警戒線，有時跟著人群走，有時落單，有時遇見說了幾句話後忍不住淚水汪汪的眼睛。如果要從複雜的情緒裡抽取出最貼近戰爭的什麼，那大概是烈日下對水的執念。南歐內陸的夏日灼人，汗流乾之後，感覺舌頭像一根乾柴隨時都能燒起來。所有斯雷布尼查大屠殺倖存者的敘述裡，都不約而同提到了水。當陽光也站到殘忍那邊的時候，生命顯得再無所謂。一名雙手被縛、眼睛用布蒙上的波族人在塞族士兵開槍前哀求：「殺了我之前，可不可以給一點水？」

紀念一場屠殺，就像這樣。結束墓園裡的紀念儀式之後，所有人又四散開來，往各自的方向走去，像戰爭結束後的軍隊。生活是必須繼續過的，儘管必須與自始至終未受到處罰的施虐者住在同一個村莊，儘管二十多年過去政客依然玩弄著仇恨與和解的修辭，儘管《你還記得杜莉貝爾嗎？》裡的塞拉耶佛已經不在——出生在塞拉耶佛的導演庫斯杜力卡在內戰爆發後即搬到塞爾維亞，成了一名狂熱的塞族民族主義者，痛罵與他一起緊密合作前兩部電影的波族編劇家西德蘭是「精神上的流浪漢，跟波士尼亞的首都一樣死了」。二〇二二年，庫斯杜力卡公開支持俄國入侵烏克蘭。

一場戰爭的結束，看似只是為了牽引下一場戰爭發生。二〇二四年，極右翼的陰影在西歐變得更沉；加薩受困的人們每天拿手機在社群平台上記錄戰區日常；在一些地緣政治論述裡，臺灣、烏克蘭和巴勒斯坦被並列為第三次世界大戰最可能的觸發點，三個相隔遙遠的國家被陰沉的字詞連結成串，一起維繫在另一個大陸一場前景凋敝的總統選舉結果上；同樣顫顫巍巍串在線上的還有波士尼亞——塞族共和國的極端民族主義者總統多迪克揚言，一旦對北約態度疏離的川普再次當選美國總統，將立即抓住四年前錯失的機會，撕毀和平協定，宣布塞族共和國獨立。零零碎碎讀著這些的時候，我總想起塞拉耶佛那個老人的問題：妳為什麼要知道這些？

我也不知道。我只是在日常裡想著那些非常瑣碎的物事：巴士。菸。水。火一樣燒著的陽光。哈姆迪亞後腦勺上永遠無法癒合的傷痕。一切靜到了底的夜裡，突然一陣敲門聲。

逃難的人（代跋）

二〇一五年秋天，為了一篇籌劃中的長篇報導，我經常在布魯塞爾北火車站附近的一個公園裡遊蕩。公園裡滿是大大小小的各色帳篷，間或掛著一些或激昂或憤怒的手寫標語。用粗略易懂的話說，那地方是一個臨時難民營，但那些帳篷一開始會出現在那個公園，完全只是因為受理難民庇護申請的移民局辦公室就在旁邊的大樓裡。那年逃難的人們趁著海水溫暖，風浪平緩，從春天起冒險上船，上岸，步行，渡河，上巴士，上火車，經歷各自的輾轉波折之後，在冰冷的辦公室玻璃門前排起長隊，又因隊伍太長而紮起營來。五個。十個。一百個。一個人的等待和受困，連著另一個人的等待和受困，那等待和受困便顯得永無止境。後來幾個慈善組織入駐，定時發放吃食，搭建簡陋的語言課堂和祈禱室，困在一處的帳篷長出社區的生氣，放晴的時候倒也精神奕奕。無奈九月之後開始了綿綿雨日，泥濘和落葉在帳篷間漫溢開來，整個公園只能隨著逐日滑落的氣溫和不斷延長的庇護申請處理期限，一點一點地凋敝下去。我在那片頹喪的氣氛裡嘗試找人搭話，要從朦朧景象裡找出一點可理解的線索，大多時候徒勞無功。一天我站在公園一個角落，看臉色陰翳的人們來來去去，忽然一個中年男人站到我旁邊，啜了一口手裡塑膠杯中的熱茶，用風吹落葉那樣極隨意的語氣開口：

「妳也是難民嗎？」

後來有段時間我把這個情節拿來當填補對話空隙的笑話講述，雖然其中除了對我當時初次做報導做得一身狼狽的自嘲部分之外，沒有任何好笑的元素。和那些說著說著就哭了的笑話一樣，我將同樣的故事反覆說了許多次之後，才海邊翻找石頭般地終於發現了那個問句為何頑固附著在我記憶深處的蹊蹺——他不可能知道我和公園裡大多數的人一樣，幾個星期前剛剛用一張單程票券抵達了這座城市，並且此前對其一無所知；不可能知道我在出發前像電影《憂鬱貝蒂》裡貝蒂放火燒房一樣地辭職賣書丟雜物退公會退套房結清銀行帳戶，清清醒醒地將後路斷得乾乾淨淨之後，又在前往機場的路上弄丟了所有衣物，不得不徹底成為另一個人；也不可能知道在那之前的十年裡我過著每天都想逃到遠方的生活，執念如此強烈以至於真的到了一個很遠的地方之後，才慢慢感知到周圍一整個黑洞那麼大的孤寂與荒涼，面對難以為繼的履歷和存款而無法不終日惶惶不安更勝以往。他不可能知道為了理解抵達是開始而不是結束這個簡單的事實，我必須付出一輩子失根的代價。他不可能知道，因為當時我也不知道。

他想必在我身上看到了更接近本質的什麼。

那個「什麼」至今仍時不時令我害怕。日日在三種語言間來回切換，忽然無法用任何一種語言指稱一個日常物事的時候。職業生涯轉了許多個彎，到了三十多歲在一個失業的晚上想起高中時曾有老師半祝福半擔憂地對我說「妳比其他人早知道自己要什麼」的時候。耗費許多時間要看清世界的惡意，又因為所有觀看變得鉅細靡遺而承受不住憤怒與疲憊不斷疊積的時候。在一個陌生的城市用幾年把美麗的路走成庸常，忘了無論哪個遠方依然有困惑有憂慮有逃脫不了的自己，甚至遠方從來就不能被抵達，忍不住又想放一把火轟轟烈烈地逃到另一個城市去當一個新人的時候。興高采烈循著過期旅遊指南專程到一個冷涼國家的一個冷涼小鎮找一個據說必須按對門鈴信號才會開門的地下酒吧，整個晚上試了幾次無人應門，路人看我像看小偷，最後獨自躺在一個遊客也沒有的旅館床上聽薄薄門外一個當地十八歲女孩歡歡喜喜辦她的成年派對，恍然領悟這也許是自己因為種種一廂情願、不切實際的念頭而必然孤獨終老的預示的時候。

還有寫字的時候。不寫字的時候。寫不出字的時候。寫出的字失去意義的時候。相隔十多年和一萬多公里，發覺自己依然習慣在不見天日的房間裡背對整個世界寫字，因而懷疑這其間走過的路都不過是浩浩湯湯一場華麗夢遊的時候。

二〇一五年開始斷斷續續寫下這些文字，大抵都在記錄、探問，甚至抵抗那個「什麼」。雖然一開始說服自己去遠方是為了寫作，但在艱難地體認到沒有非到不可的他方之後，對文字的態度也不再像年輕時那樣不可退讓。遠方不能抵達，行路依舊漫長，有時候一個字依然還連起下一個字，就只是因為愧疚——對走過的路的愧疚，對時間的愧疚，對不知何來的好運和善意的愧疚，對多年前那個相信美好之絕對、會因為親眼見到一幅畫一道日照一棟心愛電影裡出現過的房子而激動得要流淚的自己的愧疚。是那個自己帶著我逃，在各式各樣的地方遇到各式各樣的人和他們的難，為了躲避自己的難而努力要理解他們的難，最後終於懂了我們其實都同樣在逃一場更大的、更內觀的、步履不能停的難。

於是我寫字。這本集子裡有一部分文字來自發表在《聯合副刊》和《幼獅文藝》的專欄。感謝《聯合報》前副刊組主任宇文正、編輯胡靖、《幼獅文藝》編輯團隊的信任與耐心，在我疏懶遲疑的時候，提醒我寫字終究是一門打磨的技藝，而打磨的時候有人以等候陪伴是一種幸運。這些文字得以在這裡積累成集，起源於二〇二三年八月一封陌生的來信，讓我在塞爾維亞暑氣沉悶的山裡一時感覺腳步輕盈，不敢相信在抵達念想許久的地方之後，路還能往沒想過的方向延展下去。路上不免停滯惶惑，幾經延宕，忽忽便走過了一年，謝謝潮浪文化總編輯楊雅惠始終堅定的寬容和體貼。

特別謝謝俞萱和時雍撥空撰寫了序文，如同我們間隔數年在各自旅途上遠遠遞送的訊息，每個字拖帶著長長的拋物線，因為那樣安靜的華美而顯得格外珍貴。謝謝許育華、夏夏、陶曉嫚溫暖的推薦語、所有推薦人的慷慨鼓勵。也謝謝容忍我埋頭書寫幾個月間無理焦躁和疏離的友人、用長長睡眠一起安心虛度時光的貓，以及曾經對我揭示過光亮的所有對話、眼神和文字。我生來悲觀，那些纖細而銳利的閃光總能穿透我黑暗的視野，曠野裡一整面星空般地懸罩下來，讓我和我的字顯得渺小。在恐懼與欲望互為形影的生命裡，能這樣放心地感到渺小，我何其有幸。

夢遊的犀牛 / 林禹瑄作 . -- 新北市 : 遠足文化事業股份有限公司潮浪文化 , 2024.12
272　面 ; 14.8*21 公分　ISBN 978-626-98893-8-9(平裝)

863.55　113015443

文學聚落 Village 005

夢遊的犀牛

作者	林禹瑄
主編	楊雅惠
校對	林禹瑄、楊雅惠、簡敬容
視覺構成	王瓊瑤
封面設計	吳佳璘
行銷企劃	許騰云
總編輯	楊雅惠
出版發行	遠足文化事業股份有限公司 潮浪文化
電子信箱	wavesbooks2020@gmail.com
粉絲團	www.facebook.com/wavesbooks
地址	23141 新北市新店區民權路 108-3 號 3 樓
電話	02-22181417
傳真	02-86672166
法律顧問	華洋法律事務所　蘇文生律師
印刷	中原造像股份有限公司
出版日期	2024 年 12 月
定價	400 元
ISBN	ISBN：978-626-98893-8-9、9786269889372 (PDF)、9786269889365 (EPUB)

歡迎團體訂購，另有優惠，請洽業務部 02-22181417 分機 1124，1135

潮浪文化　｜讓閱讀成為連結孤島的潮浪，讓潮浪成為連結心靈的魔法｜

線上讀者回函

潮浪文化社群平臺